KB234871

딸과 함께 철들다

딸과 함께 철들다

2012년 1월 2일 초판 인쇄
2012년 1월 7일 초판 발행

저자 김지용
발행자 박흥주
발행처 도서출판 푸른솔
편집부 02)715-2493
영업부 02)704-2571~2
팩스 02)3273-4649
표지 디자인 여백 커뮤니케이션
본문 편집 최원석

주소 서울시 마포구 도화동 251-1 근신빌딩 별관 302
등록번호 제 1-825

© 김지용 2012

값 11,000원
ISBN 978-89-93596-28-1 (03810)

딸과 함께 철들다

푸른솔

한 친구가 이런 말을 했다.

"우린 정말 바빴잖아. 별 보고 출근해서 별 보고 퇴근하는 나날이었어. 주말이라고 다를까. 이젠 시간이 좀 나서 애들하고 잘 지내볼까 했더니……. 다 컸더라구. 남은 건 허물어질 것 같지 않은 벽뿐이야."

대부분의 지인들이 자녀들과의 관계 때문에 시름이 깊다. 대화의 단절은 물론이고, 일상적으로 보이는 아이들의 적의에 어떻게 해야 좋을지 모르겠다고 탄식한다. 관계 개선을 위해 노력하고 싶어도 틈마저 주지 않는 자녀들 때문에 무기력해진다고 한다.

어느새 나는 자녀가 등장하는 대화에서 침묵하고 있다. 할 말이 없어서가 아니라 끼어들 염치가 없어서이다. '우린 안 그런데……' 하며 말을 쏟아내는 것도 대화 상대방과 어느 정도 일치점이 있어야 가능하다. '부럽다'는 친구들의 말 뒤로 한꺼번에 내게 쏠리는 시선은 '넌 어느 별에서 왔니?' 하고 읽힌다.

큰딸이 초등학생이었을 때는 딸들과 나와의 관계에 대하여 제법 말을 많이 했다. 그 당시만 해도 어린 자녀를 둔 대화 상대들은 자녀와의 관계 개선을 위해 참고할 양인지 주의 깊게 들었다. 고등학생 학부모들은 한결같이 깊은 한숨과 함께 이렇게 말했다.

"사춘기만 지나봐."

우리 큰딸이 중학생이 되었을 때 그런 말 때문에 조금은 긴장했다. 사춘기 전에는 아빠와 죽고 못 살던 딸들이 사춘기를 지나면서부터 아빠를 옆집 아저씨보다 못하게 취급한단다. 그러나 아무리 시간이 지나도 나와 큰딸과의 관계에서 비롯되는 문제는 별게 없었다. 오히려 우리 딸은 성숙해감에 따라 쏟아내는 말이 많아졌고 '이 노래 들어봐', '이건 무슨 뜻이야?' 요구하고 묻는 것도 많아졌다. 아빠 친구들 모임에 같이 가자 하면 바로 따라나선다. 친구들에게 아빠와의 일상도 제법 얘기하는 듯하다.

어느 날 문득 '내가 좋은 아빠일까?' 하는 의문이 들었다. 아무리 생각해도 딸을 예뻐하는 그저 평범한 아빠일 뿐이었다. 그렇다면 자녀들과 갈등관계에 있는 다른 부모들이 나쁜 아빠일 리가 없었다. 그 부모들도 자녀들을 사랑하는 그저 평범한 부모일 뿐이니까. 그리고 자녀들도 그저 그런 평범한 아이들이다. 그런데 어찌하여, 자녀를 못 견디게 사랑하는 부모와 부모를 지긋지긋하게 여기는 자녀, 이 어울리지 않는 조합이 그리도 보편적일 수 있는지 알 수가 없었다.

나와 다른 아빠의 차이점은 수도 없이 많을 것이다. 자녀와의 관계에서 다른 부모들과 다르다면 원인은 그 '차이점'일 터이다. 차이점을 찾아가는 쉽지 않은 과정에서 불현듯, 돌 지난 딸내미와 소꿉장난을 하는 나를 보고 묻던 집사람의 말이 떠올랐다.

"재밌어? 놀아주는 거."

뻔한 물음이었다. 재미없으면 그토록 오래 놀아줄 수가 없을 테니까. 그때 나는 집사람에게 이렇게 말했다.

"놀아주는 거 아냐. 노는 거야."

놀아주면 쉽게 질리는 놀이도 놀다 보면 저절로 흥취가 붙는다. 더구나 놀이 상대가 사랑하는 사람임에랴.

어른들은 잘 모르는 '놀아준다'와 '논다'는 의미를 아이들은 피부로 느낀다. '놀아주는 대상'에서 '놀이 친구'가 되면 아이들은 신이 난다. 이 놀이판에는 아버지와 자녀 대신 놀이 친구만이 있다. 놀이 친구는 놀이를 통해 징시적인 일체감을 키워간다. 자녀는 물론이고 노는 부모까지, 정서의 일체를 경험하는 것이다.

우리 딸들이 부모보다 더 또래집단에 어울리고 싶어하는 나이가 되어서도 부모와 잘 어울리는 이유가 여기에 있지 않나 싶다. 자녀와의 벽은 자녀가 만드는 것이 아니라 '가르치고 키운다'는 생각에 빠진 부모들이 만드는 것 아닐까. 부모들이 자녀들을 양육의 대상에서 삶의 동반자로 생각의 전환을 이룬다면 자녀들은 애증(愛憎)의 불안한 감정을 떨치고 부모에게 마음을 열 것이라 믿는다.

고민의 끝이 보이지 않는 대한민국의 세대 갈등, 골이 깊을수록 부모나 자식 모두 불행해질 수밖에 없는 이 문제를 두고 다시금 고민하고 싶어졌다. 이 글을 쓰게 된 배경이다. '잘났어 정말' 하는 냉소를 접고 평범한 이웃 부모의 넋두리거니 하며 읽어주시기를 바란다.

차 례

선생님, 연예인, 정치인은 되지 마세요

작년 봄, 고등학교에 입학한 맏딸 예은이가 집에 들어서자마자 '엄마, 아빠'를 불렀다. 그 표정이 제법 진지해서 '학교에서 무슨 일이 있었던 건 아닐까' 걱정부터 들었다. 아직 사춘기를 겪지 않았다는 주변 사람들의 말마따나 도체 심각함 따위는 모르는 밝고 발랄한 아이의 표정이 아니었다. 딸아이의 작은 표정 변화에 민감하여 그 변화 이유를 홀로 셈해보아야 하는 피곤한 존재가 부모 아니던가. 부모로서 또 '저 홀로 셈법'을 가동하고 있는데…….

"선생님, 연예인, 정치인은 되지 마!"

'응?' 나 홀로 셈법의 덧없음을 한꺼번에 일깨워준다. 일단 안심부터 하는데 딸아이의 꽉 다문 조그만 입이 마음에 걸렸다. 왜 저런 얘길 하는가 하는 물음에 앞서 언제나처럼 생각이 딸아이의 말을 따라간다.

선생님, 연예인, 정치인……. 그 세 개 단어의 공통점을 도무지 알 수 없었다. 연예인과 정치인이라면 유명하다는 억지 공통점을 찾아 붙일 수 있겠는데 앞에 선생님이 들어가면 세 개의 단어가 완전히 따로 놀았다. 게다가 하지 말라는 걸로 봐서 세 개의 직업은 좋은 의미일 수 없었다. 모든 걸 떠나, 지천명의 나이를 바라보는 부모에게 연예인이 되지 말라는 딸아이의 말에 웃음이 나왔다. 하고 싶어도 못하는 일이 있음을 알 텐데 역시나 가능성 없는 선생님까지 들먹이며 의뭉 떠는 딸아이의 속내가 궁금했다. 어쨌거나 공통점이라고는 보이지 않는 세 개의 단어를 나쁜 의미로 일통하는 딸아이의 화두 앞에 공연히 엄숙해졌다. 철없게만 보았더니 저렇게 심오한 사고를!

"애들이 이름 막 부르잖아. 애들이 엄마, 아빠 이름 막 부르는 거, 난 싫어!"

허탈했다. 이건 이래서 안 되고 저건 저래서 안 된다는 그럴 듯한 이유는 어디에도 없었다. 직업이 나쁜 게 아니라 애들이 이름 부르는 직업을 갖지 말라는 거가 다였다. 세 개 직업의 본질적 공통성을 궁리했을 집사람도 아닌 밤중에 뒤통수 맞은 표정을 지었다.

그러나 그 허탈도 잠시, 정신이 번쩍 들었다. 내가 본질이라 생각하는 어떤 것이 우리 딸과의 관계에서는 본질이 아니었다. 사회 경험이 없는 딸아이의 눈에는 부모가 무슨 일을 하느냐가 중요한 것이 아니라 자신의 소속에서 부모가 존중되는지가 중요했다. 어른들이 갖는 사회적 통념과 가치 기준은 애초부터 버려졌다. 안정적이고 돈 잘 벌면서도 화려하며 권력을 향유하는 따위는 무시되었다. 그에 따라 '싫다'는 감정은 가장 솔직한 내면을 나타내주고 있었다.

이 명료한 솔직성 앞에서 나는 가슴 뭉클한 감동을 느꼈다. '애들이 이름 막 불러 싫어' 하는 그 말에서 수백 번 반복되는 '사랑해요'라는 현란한 수사보다 더한 사랑을 느꼈다.

우리 가족은 감정 표현이 자유롭다. 일상적으로 웃고 울고 짜증내며 어울린다. 다른 성원의 기분을 망치는 짜증의 경우에만 제한이 가해질 뿐, 누구도 감정 표현 때문에 눈치를 보지 않는다.

이 자유로움이 가끔 '콩가루 집안'으로 보이기도 한다. '엄마, 아빠는 맨날 싸워'하는 아이들의 말부터 막내딸과 내가 '탭소닉'이라는 스마트폰 게임 경쟁을 하며 깔깔대는 모습을 지켜보는 집사람의 어이없어 하는 눈초리까지, 질서가 무너진 듯한 모습이다. 나는 이 '콩가루 분위기'를 좋아한다. 어른이 어른답게 위엄을 보일 이유가 없고 아이들은 어른 눈치를 보며 비굴해질 필요가 없다. 가족 성원 개인이 가족을 위해 배려하고 가족이 성원 개인에 배려를 한다면 자유로움은 교묘한 조화가 아닐까.

솔직한 감정의 표출은 다양한 대화를 부른다. 상대가 어떤 감정 상태인 줄 모른다면 겉치레 대화밖에는 할 수 없다. 즐겁고 슬픈 감정을 공유하지 못하면 또한 형식적인 대화로 끝나기 마련이다. 특히 어린이들은 자신의 감정상태가 공유될 때 그 감정을 둘러싼 주위의 이야기를 술술 풀어내는 경향이 짙다.

우리 두 딸은 집에 들어서는 순간부터 감정 상태가 고스란히 드러난다. 경쾌하게 '다녀왔습니다' 할 때, 시무룩한 얼굴로 '다녀왔습니다' 할 때, 가방을 던지듯 내려놓고 인사조차 건성으로 할 때, 내 방으로 가방

맨 채로 쪼르르 달려올 때……. 거기에 맞춰 내 대응도 달라진다. 경쾌할 때는 경쾌하게, 무거울 때는 슬그머니 다가간다. 두 딸이 정서적으로 일치점을 찾을 때까지 기다린다. 그리고 쏟아지는 아이들의 말에 나 역시 꾸밈없는 감정을 드러낸다. 아이들의 비위를 맞추는 것이 아니라서 아이들이 자주 삐지기도 한다. 그러다 보면 어느새 여러 개의 주제와 에피소드를 두루 거쳐 딸들의 하루 일과가 생생하게 나타난다.

우리 맏딸이 2학기 중간고사 보기 직전이었다. 영어 듣기시험이 있다고 했는데 전화가 없어 늘 그렇듯이 시험을 못 봤구나 했다. 그런데 귀가한 녀석의 발걸음이 경쾌했다. 어쩐 일일까 궁금했지만 참았다. 녀석이 그냥 휑하니 자기 방으로 들어가 버린다. 잠시 후, 갑자기 딸아이 방에서 '우-흑' 하는 해괴한 울음소리가 연이어 이어졌다. 야단났다 싶었다. 성적 가지고 뭐라 하는 부모도 없는데 늘 저 혼자 난리를 치니 달래기도 쉽지 않았다.

방문을 열었다. 예은이가 책상에 앉아 채점한 문제지를 손에 들고 나를 올려보며 입술을 삐죽 내밀고 역시 '우-흑 우우-' 했다. 눈에는 눈물이 주렁주렁 달렸다.

"예은이, 우리 민족주의자!"

예은이가 영어 시험을 볼 때마다 나는 '민족주의자'라고 위로한다. 국어는 제법 잘하지만 영어는 영 아니올시다이기 때문이다.

“아빠! 나……, 다 맞았어! 우-흑 우우-.”

‘사대주의자!’ 하고 농담을 던져야 하나 말아야 하나 고민될 정도로 나는 혼란에 빠졌다.

“처음이야, 처음!”

그걸 누가 모를까. 영어 듣기시험 볼 때마다 딱 반만 맞추는 신기를 보이던 녀석이니 말이다. 사실 고등학교 2학년생이 내신에도 포함되지 않는 영어 듣기시험에 만점 받았다고 눈물 질질 흘리며 울어 젖힐 나이는 아니지 않나 하는 생각도 들었다. 제 딴에는 ‘영어에 원수를 갚았다’는 감동이 있었던 모양이었다. 내가 두 손으로 녀석의 볼을 감싸 쥐고 엄지손가락으로 눈물을 닦아줄 때까지도 녀석의 두 눈동자는 감동에 젖은 채였다. 잠시 숨을 고른 후 예은이는 밖에 나가 있는 엄마에게 전화까지 해서 자랑하고 검도도장 다녀온 동생에게까지 자랑하더니 이윽고 엄마가 들어오자 또 장황설을 풀었다. 결국 우리 셋이 엄지손가락을 치켜세우는 간만의 행동통일을 끝으로 일단락되었다. 그리고 그날 밤 내내, 우리 큰딸은 ‘자막 없이도 간간이 들려’ 하는 소리를 던지며 컴퓨터로 외화를 섭렵해나갔다.

다음날, 우리 맏딸이 씩씩대며 들어섰다. 하루 만에 반전된 녀석의 감정에 적응하기 위하여 나는 집사람과 눈짓을 교환하며 숨을 골랐다.

“어떻게 이럴 수가 있어? 듣기 만점, 그 기분을 하루 만에 날려

버려?"

말에 밑도 끝도 없었다.

"재시험 본대?"

집사람이 묻자 예은이가 작게 도리질 쳤다.

"글쎄, 담임선생님이 말이야, 진학 상담하라고 해서 갔는데, 어느 대학 가냐고 물으시길래 GIST라고 했거든! 어떻게 GIST를 모르실 수가 있어?"

예은이는 광주과학기술원 학부 과정에 입학하고 싶다고 1학년 때부터 노래를 불렀다. 엄마가 신문에 소개된 GIST 기사를 읽어보라 했더니 그 즉시로 자신의 대입 목표로 삼았다. 역시나 단순명쾌한 딸내미다. 그 이후로 어떤 대학도 돌아보지 않는다. 실력이고 뭐고, 전혀 고려 대상이 아니다. GIST 홈페이지를 해킹할 기세로 뒤져보고 안내 책자도 신청해서 받아봤다. 이과 쪽으로 결정한 것도 이런 식이었다. 중학교 2학년 때였다.

"엄마, 아빠! 나 세균학 할 거야."

"세균학? 미생물학이구나. 그거 좋지."

나는 우리 딸들의 결정을 존중한다. 그런 결정을 내렸다면 그에 맞는 자료를 읽게 하고 스스로 두루 살피도록 유도한다. 그래서 정녕 그것이 좋다면 그걸로 그만이라고 생각한다. 문제점을 발견하고 스스로 바꾸지 않는데 부모가 목표 수정을 강요하는 것은 딸들의 인격을 침해하는 행위라고 믿는다.

처음 예은이가 미생물학을 공부하겠다 했을 때 그런 결정의 배경을 나름 내 멋대로 해석하기도 했다. 대학 친구 중에 시위 중 분신을 한 김세진 열사의 영향이 아닐까 하는 생각이었다. 추모제에 몇 번 참석했던 우리 딸이 세진이가 미생물학과라는 걸 알고 무언가 깊은 생각을 하지 않았을까 했었다.

그러나……!

"영화를 봤는데, 바이러스하고 세균 때문에 죽는 사람들이 불쌍해. 난 백신 만드는 일을 할 거야."

언제나 기대를 저버리지 않는 딸내미였다. 그런 결심이 얼마나 갈까 지켜보는 재미도 쏠쏠하다. 하지만 그런 즉흥적인 결정임에도 우리 맏딸은 흔들림 없이 초심을 지켜간다. 신기하다! GIST도 그랬다. 갈 실력이 되냐는 고민은 잊은 채로 거기 아니면 안 간다고 줄기차게 우겨댄다.

GIST를 몰라주는 담임 얘기를 하는 내내, 열심히 씩씩 댄다

"뭐 그런 대학도 있나 하시면서 완전 무시하는 거 있지. 영어 듣기 감동이 완전 싹 날아가데. 인터넷 검색을 하시더니 우수성 입증 자료가 없어서 안 될 거라는 거야. 수학 올림피아드나 도내 대회에서 입상한 게 없다는 거지. 우와! 내 자체가 우수성 입증 자료 아냐? 뭘 더 바래?"

"성적은 되고?"

엄마의 이 한마디면 기죽을 만도 한데 씩씩한 우리 딸은 아니올시다.

"이제부터 하면 되지. 아직 일 년도 더 남았거덩!"

이야기를 나누다 보면 언제나처럼 우리 딸에게는 GIST가 자기 학교가 되어 있다. '일단 들어가고 나서나 그러서' 해도 눈썹 하나 까딱 않는다. 그 턱없는 자신감이 보기 좋지만, 나중에 큰 상처로 남지 않을까 걱정을 떨칠 수가 없다. 허나 그간 보아온 우리 맏딸은, 작은 딸과는 달리, 실패 후 약간의 시간이 지나면 아주 단순한 계기로 매우 큰 목표를 다시 마련할 것이고, 그 목표가 어렵다는 생각 한 번 없이 자신만만하게 이미 목표를 이룬 듯 떠벌일 것이며, 그리하여 지난 실패는 은근슬쩍 잊고 말 것이다.

하루 만에 영어 듣기평가의 감동을 날려버린 딸내미의 상심 속에서 그날 자정까지 우리 가족은 예은이의 학교와 선생님과 성적과 친구를 도마 위에 올려놓았다. 이런 일상의 대화를 거치다 보니 우리가 예은이 친구의 부모님보다 그 친구의 학교생활을 더 잘 안다고 한다. 집사림 말로는 다른 학부형들이 '고등학생이 어떻게 미주알고주알 학교 얘기를 다 해?' 하며 못 미더워 한단다. 부럽다는 말이 꼭 뒤따른다지만, 글쎄, 우리 딸들을 이상한 아이로 보고 있는 건 아닌가 하는 근심도 떨칠 수 없다. 당당한 우리 예은이야 '그럼 어때!' 하지만 소심한 나는 조금 신경 쓰인다.

　요즘 맏딸의 ‘수면 시간’과 ‘먹는 것’을 두고 우리 부녀 사이에 간간이
충돌이 인다.

　수학 학원을 다니는 예은이는 일주일에 세 번 열 한 시가 넘어 귀가한
다. 학교가 먼 탓에 아침 등교 시간도 빠를 수밖에 없는데, 숙제라도 있
을라치면 고작 네 시간 남짓 잘 때도 있다. 지켜보기에 참으로 안쓰럽다.
‘꼭 여섯 시간은 자라’는 권고는 내 딴에 가장 중요한 강요다. 예은이가
민감해 하는 걸 알면서도 나는 ‘최소 여섯 시간’을 자주 얘기하게 된다.
그럴 때마다 까칠한 딸의 받아치는 말이 따른다. ‘나도 자고 싶다고!’ 충
분히 자야 최적의 몸과 정신 상태를 유지할 수 있고 그래야 집중력을 가
질 수 있다는 내 말에 우리 딸은 ‘절대 시간의 부족’을 들이댄다. 아침마
다 머리 단장하느라 20여 분 소비하는 건 소녀다운 모습이기에 귀엽게 보
이지만, 숙제하느라 졸린 눈 비비는 건 도무지 좋게 보아줄 수가 없다.
숙제 하지 말고 차라리 혼나고 말아라 하는데도 딸내미는 자존심을 내
세워 무시한다.

　제법 통통한 몸매 때문에 체중계에 자주 올라가는 예은이는 몸집에
어울리지 않게 소식을 한다. 일곱 시가 넘으면 그 좋아하는 닭튀김도 거
들떠보지 않는다. 먹고 싶은 데 참는 것만큼 고역이 어디 있을까. ‘엄마

아빠를 봐. 유전자가 사기치지 않는다면 넌 절대 안 쩌.' 딱 여기까지 해야지 더 얘기하면 되로 주고 말로 받는다. 이런 대치 속에서 내가 할 수 있는 건 낮에 많이 먹을 수 있도록 다양한 유혹거리를 안겨주는 것과 저녁 이후로 딸이 좋아하는 먹을거리를 안 보이게 하는 것뿐이다. 먹기를 좋아하는 작은딸 때문에 맏딸의 눈을 피하는 이중 공작은 필수다. 살이 찔까봐 일단 소식을 하고 보는 맏딸에게 '많이 먹어도 넌 살 안 쩌' 하는 주장은 증명할 기회마저 얻기 힘들다. 조심스럽게 먹는 양을 늘리는 공작을 펼치던 어느 날, 한 달쯤 전, 예은이가 한껏 배부르게 점심을 먹더니 체중계에 오르고 또 두어 시간 후 간식을 먹고 체중계에 오르더니 '우와!' 하며 좋아한다. 유전자가 사기치면 어떡하나 하는 내 걱정은 기우로 끝나고, '아빠, 안 늘었어. 똑같아!' 하는 딸의 환성이 들렸다. 먹어도 살이 안 찐다는 게 저리 좋을까. 요즘 우리 맏딸은 이전에는 모르던 행복을 느끼는 듯하다. 몇 백 그람 증가는 눈에 보이지 않는 모양새다. 그런 딸과 함께 텔레비전을 볼 때면 배짝 마른 연예인의 등장에 혀를 차고 두툼한 허벅지의 건강미 넘치는 연예인에게 도가 넘치게 감탄하는 나를 발견한다. 미적 감각에 따른 진심이지만, 표현을 과장한 탓에 흘끔 딸의 눈치를 살피게 된다.

솔직해야 한다지만 가족 성원 사이에 '역린'이 존재한다. 이 역린에 우회하기 위하여 잔머리를 굴리는 것은 어쩔 수 없는 부모의 선택이다.

우리 딸들도 그럴 것이다. 돈을 잘 못 버는 부모 앞에서 가능한 한 돈 애기는 안 하게 될 테니까. 역린을 이해하는 그런 눈치들 덕분에 대화가 가능할 터이다. 시간이 가면 갈수록 나는 '배려'야말로 솔직함에 앞선 절대임을 자각한다. 화를 내는 것도, 짜증을 내는 것도—가족 성원의 배려 범위 안에서 누려야 하는 솔직함이다.

2

골룸 그리고 예똥이

몇 년 전, 지금은 초등학교 6학년인 작은딸 예영이가 유치원 갈 나이
도 안 되었을 때다. 당시 개그맨 조혜련 씨가 영화 '반지의 제왕'에 나오
는 '골룸' 분장을 하고 텔레비전에 나와 웃긴 적이 있었다. 텔레비전을 보
던 우리 식구가 웃어젖힐 때 딴전을 하던 예영이가 다가들었다. 화면은
이미 '골룸'이 사라진 뒤였다. 배를 잡고 웃는 우리들 앞에서 작은딸은
소외감 때문에 잔뜩 골을 내고 씩씩댔다.

"골룸, 진짜 웃긴다!"

언니의 말에 예영이는 더 인상을 썼다. 꼬맹이의 그 얼굴 모습에서
나는 골룸의 모습을 떠올렸다. 그것이 실수였다. '골룸 닮았다'고 할 수
는 없었다.

"예영이는 골룸 안 닮았네!"

꼬맹이가 자리에 털썩 앉더니 두 팔과 발을 마구 휘저으며 땡깡을 놓
는다. 우리가 웃는 걸로 봐서 골룸이 좋은 거라 생각한 듯했다.

"골룸 안 닮았다니까 그러네."

그래도 꼬맹이는 막무가내였다.

"골룸은 괴물이야. 얼마나 이상하게 생겼는데! 골룸 닮았다고 해야
해?"

발버둥이 조금 잦아드나 싶었는데 그것도 잠시였다. 엄마와 언니까지
나서 골룸이 어쨌니 분장이 어떠니 하고 달래자 땡깡이 더 심해졌다. 눈

물까지 뚝뚝 흘린다.

"골룸 안 닮았다는 건 좋은 얘기라니까!"

말을 그렇게 하면서도 꼬맹이를 뺀 우리 가족은 연신 웃고 있었다. 예영이가 자기를 놀린다고 생각하는 것도 무리가 아니었다.

웃자고 한 일이 더 이상 웃자는 일이 아니었다. 어쩔 수 없이 발버둥 치며 버티는 꼬맹이를 안아서 컴퓨터 책상 앞에 앉혔다.

"자, 골룸 찾아봐!"

꼬맹이가 모니터를 외면하려 고갯짓했다. 그러거나 말거나 의자에서 내리려는 꼬맹이를 주질러 앉혀놓고 컴퓨터를 틀었다. 부팅되는 동안 꼬맹이가 흘끔흘끔 모니터를 살핀다. 땡깡을 그만두기엔 자존심이 상하지만 호기심마저 외면하기는 어려웠던 모양이었다.

드디어 골룸 화면이 떴다. 꼬맹이가 모니터 화면을 바로 바라보지 않고 슬쩍 곁눈질하고는 바로 자리에서 일어난다. 언제 그랬냐는 듯이 의뭉스럽게 모른 척이었다. 그 모양이 귀여워 우리는 박장대소를 했다. 예영이는 입가에 슬쩍 걸리는 미소를 감추며 슬그머니 사라졌다.

한참 후 예영이가 유치원 다닐 때다. 불현듯 '골룸' 때의 일이 생각나서 절로 장난기가 일었다.

"예똥아!"

그냥 '예영아' 부르기엔 심심하기에 '똥'을 집어넣었다. 역시 반응이 빨랐다.

"내가 왜 예똥이야?"

화를 참는 듯 입술까지 앙 다문다.

"귀여우니까. 예똥이, 얼마나 귀여워?"

"흥! 나 예똥이 안 해."

금방 울 기세였다.

"원래 옛날부터 귀엽고 귀한 애들한테는 '개똥이'처럼 낮춰 불렀어. 그래야 복 많이 받고 오래 산다네?"

소용없었다. 예영이가 세게 도리질 쳤다.

"예똥이 싫어! 예영이야!"

울고불고 난리를 치지는 않았다. '개똥이'의 예가 제법 효과가 있는 듯했다. 마음에 들지 않으면 거리건 상가건 일단 앉아서 두 다리부터 펼치고 보는 예영이의 반응으로 봐서 장난을 계속해도 괜찮겠다 싶었다.

이후로 '예영아' 대신 '예똥아' 하고 불렀다. 처음 부를 땐 몰랐는데, '예똥'이라는 말이 발음도 착 들어맞고 운율도 살았다. 그런 것이 '감칠맛'이라는 것인가 보다. 게다가 그냥 이름을 부를 때는 느낄 수 없던 '정감'이 살아나는 것이었다. '우리 강아지' 할 때야 강아지의 귀여움을 빌어 표현하는 것이므로 당연히 그렇겠지만, '똥'이 들어가도 말로 표현하지 못하던 귀여워하는 감정이 제대로 살아날 줄은 몰랐다.

'예똥이'라고 부르는 횟수가 많아질수록 예영이의 반발도 줄었다. 그러다 일년 쯤 지난 후, 큰딸을 부를 때 '큰 예똥'이라고 불렀더니 예영이가 발끈했다.

"언니가 왜 큰 예똥이야? 예똥이는 나 하나야!"

언제는 펄쩍 뛰더니만 이젠 저 하나만 '예똥이'란다. 그 변화가 또 너무나 귀여웠다.

"예똥이, 학교 다녀오겠습니다!"

예영이가 언제부턴가 제 입으로 '예똥이'라고 하면서 별명을 즐겼다. 자기 이름 부르지 않아도 좋을 자리에 '예똥이'를 꼭 집어넣는 집요함도 보였다. '예똥이 잔다', '예똥이 밥', '예똥이가 할 거야', '예똥이 선생님' ……. '나'나 '우리'의 자리를 자연스럽게 '예똥이'가 대신하게 되었다.

"다른 사람 있으면 '예영아' 하니까 좀 어색하다. 그래도 다른 사람들이 '예똥아' 하는 건 싫으니까 어쩔 수 없지."

밖에서 '예영'이라고 부르는 것이 섭섭한지 예영이가 그 이유를 물었을 때 내가 이렇게 답했다. 예영이는 속으로 한참을 생각하는 눈치였다. 그러고는 자신과 아빠와의 특별한 관계처럼, 호칭이 특별한 의미를 가졌다고 생각했던 모양으로 아주 만족스런 얼굴로 웃었다.

초등학교 6학년인 지금까지, 나는 '예똥이'라고 부른다. 그 긴 시간,

호칭의 전염이 일어나 우리 가족은 모두 '예똥이'로 통하게 되었다. 아빠와의 특별한 호칭에서 이젠 가족의 특별한 호칭으로 발전한 것이다. 가끔 화가 나거나 짜증이 난 제 언니만 '예영아!' 하고, 분위기 좋을 때는 언제나 '예똥이'다.

애정 어린 별명이 애정 깊은 관계의 촉매가 된다는 것을 확실히 경험했다. 그 애칭이 '우리 귀염둥이'처럼 직접 사랑을 담아내지 않는 것일수록 더 좋을 수 있다는 것도 깨달았다. '골룸' 식의 애칭이야 곤란하겠지만, 어른들이 손자들을 불렀던 '똥강아지' 같은 별칭의 '감칠맛'은 불러보지 않은 사람들은 모를 것이다.

우리 큰딸에게 별칭 하나 지어주지 못한 것이 못내 아쉽다. 큰딸과 나와의 특별한 관계를 매개해주는 둘만의 별명, 고등학교 2학년생인 우리 큰딸에게는 이미 늦어버렸다.

03

똥 싼 후에 변기가 막혀요

이삼 년쯤 전이었다. 소변을 보려고 안방 화장실에 들어가 변기 뚜껑을 열려고 할 때였다. 덮개 앞쪽에 앙증맞게 붙여진 노란 포스트잇이 보였다.

'절대 열지 마시오. 변기 막혔음!(어쩔 수 없지 모~). 예똥'

열지 말라니 열어봐야 했다. 모른 척하기엔 손바닥 반만 한 포스트잇과 그 좁은 포스트잇 귀퉁이에 자그맣게 쓰인 글귀가 너무 귀여웠다. 숨기고픈 마음 때문에 글자들도 포스트잇의 구석자리를 차고 들었나 보다.

뚜껑을 열었다. 뚜껑에 갇혔던 냄새부터 확 차고 올라왔다. 그리고……, 예영이의 팔뚝만한 굵기의 누런 똥줄기가 변기 구멍을 막고 위로 한 뼘이나 솟구쳐 있었다. 저 굵은 똥이 변기 구멍 속에 얼마나 박혔는지 알 수가 없었다. 그 작은 몸집에서 어찌 저런 응가를 쏟아낼 수 있는지, 내 고개가 절로 도리도리 한다.

물을 내리니 요란한 물소리와 함께 물이 차올랐다. 굵은 똥 덩어리는 꿈쩍도 않았다. 다행히 넘치지 않는 선에서 물은 그쳤다. 어찌나 서서히 빠지는지 거실 화장실에서 소변을 보고 커피를 타기까지 했는데 물의 양은 거기서 거기였다. 제대로 막혔다! 화장실이 하나라면 난리도 아닐 뻔했다.

두어 달쯤 전에 또 안방 화장실 변기 뚜껑 위에 앙증맞은 포스트잇이 붙었다.

'냄새 남. 열면 후회'

'예똥'이라는 이름이 빠졌다. 포스트잇 구석자리는 여전한데, 그래도 쑥스러움을 달랠 수 없었는지 자신을 감춘다. 어찌나 급히 썼는지 글씨가 삐뚤빼뚤 하지만 글씨체까지 감추지는 못했다. 그리고 '열지 말라'고 해도 아빠가 열어볼 것을 예측이라도 하듯, '후회'한다고 경고까지 한다.

변기 뚜껑을 들어 올렸더니, 이삼 년 전에 본 그 똥 덩어리가 거기 있다!

학교에서 돌아온 예영이가 가족들 앞에서 몹시도 계면쩍어 했다. 미안함인지 창피함인지는 알 수 없었다. '니 똥 굵다~!'고 약 올리는데 의외로 예영이는 펄쩍 뛰지 않았다. 잠시 후에는 제법 고개도 뻣뻣이 들고 배시시 웃는 여유도 보였다. 분명 미안한 기색이 아니었다. 변기 막힌 사태에 웃고 슬기는 우리늘저럼, 녀석은 자신의 자그마한 제구에서 변기를 막아버리는 그런 응가가 쏟아져 나왔다는 결과에 신기해하는 듯했다. '나 말고 누가!' 하는 자신만만함도 과시하고 싶었는지 모른다. 이윽고 전처럼 사나흘 후에 똥 덩어리는 '꾸르륵 퐁' 하는 소리와 함께 사라졌다.

이틀 후였다. 안방 화장실에 또 포스트잇이 붙었다! 아무 글씨도 쓰여 있지 않은 노란 포스트잇. 경고도 상황 설명도 필요 없기 때문일까, 부끄럽고 미안해서 글자 적어 넣기도 그랬을까…….

그날, 예영이는 중대발표인 양 한마디 했다.

"이제부턴 학교 화장실에서 응가 할게."

당연히 우리 가족은 펄쩍 뛰었다. 가장 편하게 일 봐야 할 대사를 어찌 학교 화장실 같은 불편한 장소에서 치르는가 하는 것이 큰딸의 의견이고, '막히면 어떠니, 어차피 뚫리는 걸'이 내 의견이고, '화장실 두 개니까 상관없어'가 집사람 의견이었다. 집사람은 뭔가 착각하고 있었다. 우리 집 화장실은 그때부터 두 개가 아닌 하나가 아니던가.

다음날, 폐쇄된 안방 화장실을 외면하고 거실 화장실을 들어가려는데 집사람이 불렀다.

"막혔어!"

이미 알고 있었다. 그래서 안방 화장실은 폐쇄된 공간 아닌가. 거실 화장실 문을 열었다. 집사람의 느릿한 말이 뒤따랐다.

"거긴 그래도 물이 좀 내려가."

집사람 말에 '불길'이란 단어가 머리를 때렸다. 역시나! 막혔다! 변기 뚜껑을 열었다. 물에 잠긴 똥 덩어리는 보이지 않았다. 물을 내려 보았다. 빠지는 물의 양이 차오르는 물의 양에 훨씬 못 미쳤다. 넘치는 건 아닐까 싶은데, 넘치는 경계까지만 물이 오른다.

서서히 빠지는 물을 감상하며 고민에 빠졌다. 그냥 큰일을 보느냐 아니면 다른 방법을 찾느냐. 그냥 일을 볼 엄두가 나지 않았다. 마땅한 다른 방법도 떠오르지 않았다. 배에서 오는 신호는 강렬했다. 더 이상 고민할 수 없었던 나는 휴지를 말아 뜯어 관리실을 향해 뛰었다.

거실 화장실은 곧 뚫릴 것 같아 철물점으로 뛰어가서 고무 펌프 사올 생각을 안 했다. 잠시 불편하면 되겠다 하고 있는데, 오후에 예영이가 학교에서 돌아왔다.

"님 좀 짱인 듯!"

내가 엄지손가락을 치켜세우며 말했다. 이런 말과 행동은 예영이가 실수로 물을 안 내렸을 때 내가 예영이의 똥을 볼 때마다 해주는 것이다. 예영이가 어설프게 웃었다.

"진짜 부럽다!"

나는 진심이다. 예영이의 똥을 볼 때마다 너무 부럽다. 저런 굵고 말끔한 똥을 언제 누었던가 기억도 없다. 요구르트와 삭힌 홍어도 그 효과가 잠시 뿐, 쾌변은 내게서 너무 멀다.

내려갈 듯 말 듯하는 거실 화장실을 소변기로 활용하며, 아이들은 학교에서 어른은 관리실에서 큰 볼일을 해결한 지도 만 하루. 도저히 못 참겠는지 집사람이 고무 펌프 대신 화장실 청소하는 긴 막대 솔로 기어코 뚫어냈다.

다음날, 예영이가 응가 하러 들어갈 때 멈칫거리는 걸 보고 집사람이 한마디 했다.

"또 뚫으면 돼. 엄마 선수 되겠어."

똥 덩어리가 물에 잠긴 안방 화장실은 뚫을 엄두도 못 내면서 집사람은 그렇게 큰소리 쳤다.

우리 큰딸 예은이는 이유식을 시작하면서 응가로 고생한 적이 거의 없다. 변기에 앉아 얼굴 살짝 빨개지면 바로 엉덩이를 들었다. 그게 응가 끝이었다. 밑 닦을 일도 없을 만큼 항문에 잔재가 없었다. 중학생 때까지 그랬다. 신호를 느끼고 화장실로 달려간다 싶은데 눈 깜빡할 사이에 물 내려가는 소리가 들렸다.

그 덕에 특별한 배변훈련이 필요치 않았다. 유독 깔끔한 성격 탓에 기저귀를 차고 있어도 배변을 참는 얼굴이 그냥 드러났다. 녀석의 엉거주춤한 자세와 찌그러지는 얼굴 표정으로 응가 때를 알아채면 우리 부부는 화들짝 반가운 몸짓을 해보이며 아기변기에 앉히면 그만이었다. 부모의 반색 때문인지 아니면 배변 후에 찾아오는 만족감을 알아서인지, 예은이는 배변의 신호를 즐겼다. 그러므로 우리 부부는 누가 먼저랄 것도 없이 배변을 즐기는 예은이와 함께 그 시간을 즐겼다. 응가 하는 예은이를 앞에 두고 '응가!', '끙차' 하면서 같이 응가 하듯 했고, 마침내 예은이가 응가를 끝내면 똥을 내려보며 함께 박수를 쳤다. 우리 부부의 재롱에 자기의 똥을 내려보는 예은이는 개선장군마냥 흐뭇한 미소를 지었다.

말을 하기 시작한 얼마 후였다. 얼굴을 찡그린 예은이가 불쑥
"번비!"
했다. 도대체 그 '번비'가 무슨 말인지 몰라 한참 궁리한 적도 있었다. 변비일 리가 없는데 '변비'도 아니고 '번비'랜다. 궁금증이 일어 집사람에게 물었다.

"좀 힘을 쓰길래 '변빈가?' 하고 웃자 농담했더니 그 다음부터 '번비'라네."

지나가는 한마디에 예은이의 '응가'는 '번비'가 되었다. 된 똥에도 번비, 설사에도 번비, 그리고 변기도 번비였다.

예은이가 화장실 문을 닫고 볼일을 볼 때까지 이 재롱을 떨었으니, 우리 부부의 재롱은 아마도 5,6년은 계속되었던 것 같다. 친가나 외가에 가서 어른 변기에 앉아 응가를 할 때도 예은이는 우리이 박수가 끝나야 물을 내렸다. '애한테 유별나다'는 말을 들어도 쌌다. 우리 부모님들께서 '유별나다' 하실 때에는 왜 그런 말씀을 하시는지조차 몰랐지만.

예은이가 유치원과 초등학교에 다닐 때, 그 조그만 몸으로 그렇게 굵은 똥을 눌 수 있다는 사실이 실로 경악스러웠다. 항문이 아프지 않냐고

물어도 아프지 않단다. 제 팔뚝만한 똥을 뚝딱할 새에 배출하는 그 신기
는 신비롭기까지 했다.

그런데 그 좋던 변이 고등학교 입학 후에 또 일변했다. 살찔까봐 적
게 먹어 배설량이 줄었다는 것만으로는 설명이 부족하다. 내가 내린 결
론은 '스트레스'다. 대입의 중압감을 직접적으로 느낄 수밖에 없는 고등
학생이기 때문에 쾌변이 사라진 것이다. 단순명랑한 우리 딸이 신경질이
늘어가는 것만 봐도 일상에서 느끼는 아이의 스트레스를 짐작할 수 있
다. 원인을 알면서도 부모가 해줄 수 있는 게 없다. 공부나 성적은 뒷전
인 우리 내외로서는 아이가 환경 속에서 스스로 압박감을 느끼고 있구
나 안타까워할 뿐이다. 휴식을 취하며 텔레비전 보면서도 우리 딸은 대
입의 중압감에서 완전히 벗어나 즐길 수 없을 것이다. 컴퓨터 게임을 하
면서도, 친구들과 어울려 공연장과 영화관을 찾아다닐 때도-우리 딸은
알 수 없는 그 무언가에 정신이 짓눌리고 있을 것이다.

언니보다 생각이 많은 작은딸 예영이는 이 스트레스를 일찍 경험하게
되리라. 중학교 진학 직후에 변기 막히는 변을 볼 수 없을지도 모른다.
그래서 나는 막힌 변기를 바라보며 그 사태를 충분히 즐기고 있다.

언젠가 신문 칼럼에서 한 스님이 쓰신 글을 읽은 기억이 난다. '잘 먹
고 잘 자고 잘 싸는 것이 행복이다.' 삶에서 이 세 가지 이상 중요한 것은

없다는 말씀이었다. '입맛이 없다'는 말은 몸과 마음이 지쳤다는 의미이다. '뒤척이다'는 말은 고민에 휩싸인 상태를 집약적으로 나타내준다. 그리고 잘 먹고 잘 자지 못하면 당연히 잘 쌀 수 없다.

옛날 어의들은 임금의 똥을 맛보고 냄새 맡아 보아 임금의 건강 상태를 점검했다 한다. 사람의 건강 상태를 나타내는 지표로서 똥만한 것이 없다는 얘기다. 따라서 쾌변의 욕구는 단순한 말초적 쾌락의 추구가 아니다. 쾌변의 욕구는 몸과 마음을 최적의 상태로 갖추라는 행복추구의 지상명령이다.

4.

미래를 위하여
오늘을
희생하라?

『장자』〈외물편(外物篇)〉에 실린 우화 하나.

　　가난한 장자가 당장의 끼니를 위해 쌀을 꾸려고 감하후(監河侯)를 찾아갔다. 장자의 청을 들은 감하후가 말했다.

　　"좋소. 며칠 후에 봉토에서 세금을 걷으면 그때 3백금(金)을 빌려주겠소."

　　장자가 굳은 낯빛으로 말했다.

　　"어제 이곳으로 오는데 누가 부릅디다. 돌아보니 수레바퀴가 지나간 자리에 물이 고였는데 붕어 한 마리가 게 있더군요. 왜 그러냐 했더니 '저는 동해 용궁의 신하입니다. 몇 되의 물을 길어다 저를 살려주실 수 없겠습니까?' 그래서 내가 말했소. '좋다. 나는 오(吳)나라와 월(越)나라로 가서 양자강의 물길을 끌어와 너를 맞이하게 하지. 어떠냐?' 그러자 붕어가 화를 내며 '나는 당장 머물 물마저도 없소. 몇 되의 물만 있으면 살 수 있는데 어찌 그리 말씀하시오? 양자강에서 돌아오거들랑 건어물 가게에서나 날 찾으시오.' 이렇게 말하더이다."

　　'학철부어(涸轍鮒魚)'라는 고사성어의 어원이다. '수레바퀴 자국의 괸 물에 있는 붕어'라는 뜻으로, 몹시도 위급함을 의미한다. '학철부어'에게는 당장의 한 바가지 물이 양자강의 넘실대는 물보다 더 중요하다.

‘급한 불은 끄고 본다’, ‘먼 물은 가까운 불을 끄지 못한다’는 우리 속담과 맥이 같다.

내가 대학에 입학하여 학생운동에 접했을 때였다. 대학 3학년 선배가 우리 대학 새내기들을 앞에 두고 이런 문제를 냈다.

“배추 손수레를 끄는 아주머니가 비탈길을 오르고 있다. 이 수레를 밀어주는 것이 중요할까, 어려운 이웃들의 삶을 근본적으로 개선할 수 있는 제도를 만드는 것이 중요할까?”

손수레를 밀어주지 말자는 말이 아닐 것이다. 선배는 문제의 근본적인 치유가 중요하다는 얘길 하고 싶었던 것이리라. 따지고 보면 ‘학철부어’도 몇 되의 물로는 며칠 연명하는 것이 전부이고 충분한 물이 보장되지 않는 한 생명을 유지할 수 없다. 급한 불은 끄고 볼 일이지만 불이 나지 않도록 하는 것이 무엇보다 중요하다. 그렇다면 당장의 위급함을 달래주는 ‘한 바가지의 물’과 위급함을 제거하는 ‘충분한 물’은 둘 다 중요하다. 선후의 문제만이 남을 뿐이다.

요즘 우리 딸들을 보면서 원뜻과는 다르게 ‘학철부어’라는 말을 떠올린다. 우리 딸들의 현재를 보면 ‘장강의 물’을 위해 ‘한 바가지의 물’이 버려지고 있다는 느낌이 든다. 선후의 문제가 아닌, 장강의 물을 위해서는 한 바가지의 물을 버려야만 하는 상황이다. 간단한 예로, 우리 큰딸 예은이는 검도를 좋아했다. 중학생이 되면서 검도도장에 가서 죽도를 휘

두르는 것이 큰 즐거움이었다. 그러나 고등학생이 되어 시간에 쫓기면서 그 좋아하던 검도를 할 수 없게 되었다. 드럼도 그렇고 피아노도 그렇고 미술도 그렇다. 잘 살기 위하여 공부를 할 터인데, 잘 살 수 있게 하는 다양한 삶의 경험을 뒤로 미루어야만 하는 상황이다. 그래서 나는 오늘도 자문한다. '행복한 미래를 위하여 오늘을 희생하는 것이 올바를까?'

너무 오래 전이라 기억이 흐릿한데, 아마도 고등학교 다닐 때인 듯하다. 외국 팝 그룹이 내한하여 공연을 할 때에 매스컴에서 여대생들이 속옷을 벗어던지며 광란하는 한국 관객의 추태를 대대적으로 보도한 적이 있었다. 반 친구들하고 이런 이야기들을 하는데 담임선생님이 들어오셨다. 우리 이야기를 들으신 모양이었다.

"팬티 벗어던져서 문제라고? 그렇게 말씀하시는 너희 엄마들도 너희 때 그랬어."

우리 부모님들이 젊을 때 외국 팝 그룹 내한 때에 똑같이 속옷을 벗어던지며 열광했다는 말씀이었다. 그런 부모님들이 자녀들의 모습에 왜 흥분하는지 모르겠다며 선생님은 익살을 떨었다.

그 때의 그 대학생들이 이젠 대학생들 나이의 자녀를 둔 부모가 되었다. 그리고 속옷을 벗어던지던 열혈 아가씨가 자녀들에게 이렇게 말한다. '요즘 애들이 문제라니까.' 3천 년 전 이집트 벽화에 '요즘 애들은 싸

가지가 없다'는 기록이 있다는 우스개 얘기도 자주 듣는다. 고금을 관통하여 어른 눈에는 애들이 못마땅하게 보이게 마련인가 보다.

요즘 청소년들이 어른이 되어 나이어린 세대에게 '요즘 애들 문제야' 한다고 해도 좋다. 다만 되풀이되는 기성세대의 '어린 시절의 망각'만큼은 되짚어 보고 싶다. 정도의 차이만 있을 뿐, 젊은 세대와 마찬가지로 젊은 시절의 일탈을 경험해보지 않은 기성세대는 없을 것이다. 그럼에도 그 젊은 세대의 일탈이 눈에 거슬리는 것은 자신의 젊은 시절과 완전히 단절된 현재를 나타내주는 것이다. '산울림'과 '송골매'에 열광했던 흥분을 이젠 느낄 수 없다. 가방을 받아주던 버스의 여학생 앞에서 얼굴 빨개지던 그 강렬한 설렘도 더 이상 찾아와주지 않는다. 첫사랑, 첫 키스, 신혼……, 그 자극적인 단어조차 어렴풋한 개념으로 남아 있을 뿐, 젊은 시절 가졌던 자극은 일상생활에서 멀찍이 사라져버렸다. 수업시간을 모면하려고 '선생님, 첫사랑 얘기해주세요' 하며 눈초리 반짝이던 그 호기심도 이젠 가질 수 없는 나이가 되어버렸다. 이 지독한 정서적 건조함이 새로운 사극에는 너무도 민감해진다. '우리 아들이 이번 모의고사에서 전교 일등 했어.' 말하는 이가 예의상 벅찬 감동을 억누르는 만큼, 듣는 이도 '내 이놈의 자식!' 하는 자기 자녀에 대한 분노를 엄청 억누른다. 기쁨, 분노, 슬픔, 설렘, 흥분……, 살아 있는 정서는 내 문제가 아닌 자식과 연결되어 있다. 그것도 자식의 삶 전반이 아니라 자식의 성적에 한정되게 마련이다.

우리 딸들도 언젠가는 지금 느끼는 정서를 잃어버릴 것이다. ‘샤이니’나 ‘브라운 아이드 걸즈’ 같은 ‘아이돌’ 가수를 향한 격정은 조금 일찍 사라질 것이고, 남자친구에의 설렘은 그보다 늦게 본격적인 연애를 앞두고 스러질 것이다. 그 한때, 경험해보지 않으면 평생 느껴보지 못하는 매우 한시적인 감정들이다. 이런 감정을 잃어버리고 청춘을 보내는 것이 우리 딸들의 인생에 도움이 된다고는 생각지 않는다. 오히려 제때 느낄 수 있는 감정을 충분히 경험하는 것이야말로 삶을 풍요롭게 한다고 믿는다.

‘젊음의 특권인 일탈을 마음껏 즐겨라.’

너무도 사랑하기에, 우리 딸들에게 무언의 주문을 건다. 그리고 몸과 마음이 지쳐 있는 딸들 앞에서 나는 그 턱없는 주문에 미안해진다. 사랑하는 만큼, 미안함이 깊어만 간다.

큰딸 예은이는 하고 싶은 것도 많다.

“아빠! 수능 시험 보고 나면 친구들하고 영화관도 가고 공연장도 가고 뮤지컬도 보러 갈 거야. 야구도 보러 가야지. 편의점에서 아르바이트도 해보고 싶어. 드럼하고 기타도 배우고 또…….”

오늘 아침엔 해외봉사단 모집 신문광고를 보고 한마디 한다.

“가고 싶은데……. 스무 살 이상이라네…….”

지금 나이가 허락하는 한에서 하고 싶은 것들을 할 수도 있다. 대학입시에 크게 신경 쓰지 않는 친구들도 있고 주말이면 시간도 남는다. 공부하라 잔소리하는 부모가 아니라서 마음만 먹으면 못할 것도 없다. 그러나 우리 딸은 하지 못한다. 일 년 남은 대학입시는 보이지 않는 족쇄다. 놀아도 노는 게 아니라는 말이 정답이다.

고등학생이라는 현실의 굴레를 벗어나고픈 욕구 때문일까, 예은이는 주민등록증 발급에 대한 집착이 남다르다. 이미 주민등록증을 지닌 친구들의 자랑이 너무도 부러웠던 모양이다. 만17세가 되는 올해에 8월 생일을 앞둔 두어 달 전부터 예은이는 노래를 부르듯 말했다.

"아빠, 생일 지나면 주민등록증 나올 거거든. 주민등록증 만들라는 고지서가 올 테니까 편지함 잘 봐."

일주일에 두어 번씩 이 소리를 들어야 했다. 그리고 생일 다음 날부터

"어? 안 왔네. 아빠, 못 봤어요?"

학교에서 돌아오면 인사가 이랬다. 물론 주민등록증 만들라는 고지서를 찾는 소리다. 고지서 없이도 읍사무소 가면 주민등록증 만들 수 있는데 왜 저리 고지서를 찾는지 알 수가 없었다.

며칠 후, 예은이가 드디어 우편물 하나를 들고 들어왔다. 내 눈앞에 펼치며 요란을 떠는 모양새가 당장이라도 주민등록증 만들러 달려갈 기세였다.

“내 이름으로 온 최초다!”

GIST 소개 팜플릿 등도 받아봤는데 자기 이름으로 온 최초의 우편물이란다. 뭔 소린가 물어봤다.

“공공문서잖아. 내 이름으로 온.”

예은이가 어른이 돼서 기쁜 만큼 나는 서글퍼진다. 이제 철없는 딸과 만들어낼 수 있는 추억은 없을 테니까.

“사진 찍어야겠다. 주말에 찍을까?”

내가 묻자 예은이가 고개를 흔든다.

“안 돼. 겨울방학에 찍을 거야. 살도 빼고 화장도 해야 해.”

어른인 내가 그토록 우습게 생각하는 주민등록증 사진에 목숨 걸 듯하는 딸아이의 정서가 새삼스러웠다. 설마 주민등록증을 화보집으로 착각하는 것은 아닐까. 아니면 주민등록증을 가슴에 부착하고 다니는 걸로 착각하는 것은 아닐까……. 역시 그 나이에나 가질 법한 정서다. 그런데 당장 주민등록증 만들 것도 아니면서 그토록 고지서를 기다렸던 예은이의 내면이 궁금해졌다. 소중하기 때문에 최적의 사진을 찍어 주민등록증을 만들고야 말겠다는 의지가 보였다. 그리고 그 이면에는 어린 아이에서 어른으로 탈바꿈하는 자신의 존재를 확인하고픈 욕구가 있었다. 그것은 자신을 짓누르는 오늘의 모든 제약을 뛰어넘고픈 애달프고 가냘픈 소망의 표출이었다. 예은이는 우편 고지서를 고이 모셔두고 있다. 고

3을 앞둔 겨울방학에 주민등록증을 만들 것이다. 수학능력시험을 앞두고 현실의 굴레를 더욱 절절히 느껴야 하는 녀석은 주민등록증을 꺼내보며 마음을 달랠 것이다. 그리고 그 모습을 지켜볼 때마다 내 가슴은 시려오리라.

소녀의 감성을 거세당한 채로 숙녀가 되어야 하는 대한민국의 딸들……, 그 불완전한 탈바꿈 앞에서 나는 고개를 숙인다.

"……미안하다……."

기성세대가 '요즘 애들이 문제야' 할 때 애들은 '요즘 꼰대들이 문제라니까' 한다. 그리고 '요즘 애들'이 문제아가 되는 건 애들 탓이 아니다. '내일을 위하여 오늘을 희생해라!'라고 강요하는 어른들이 있는 한, 그 속에서 문제아가 되지 않는 아이들이 문제아일 것이다. 청소년들이여, 젊음의 열정적 추억을 잃어버린 어른들을 질타하라. 그리하여 어른들이 조금이나마 과거 젊음의 열정을 반추할 수 있다면 여러분은 '내일을 위하여 오늘노 즐셔라'는 말을 들을 수 있으리라.

5

일등(一等) 아닌 일류(一流)가 돼라

둘째딸 예영이가 서너 살 때에 밖에서 친구들이랑 놀면서 온몸에 흙칠을 하고 들어온 적이 있었다. 진흙밭에서 유격훈련이라도 받은 몰골이었다. 작은 움직임에도 머리 위에서 모래가 후드드 떨어졌다. 집사람이 그 모양을 보고 깜짝 놀라서 외쳤다.

"이게 뭐야!"

내가 '신나게 잘 놀았구나' 할 참에 뾰족한 집사람의 목소리가 더 빨랐다. 아빠는 '얼마나 신나게 놀았을까' 생각할 때 엄마는 '뭔 일이 있었나? 싸운 거 아냐?' 걱정부터 하게 되나 보다. 집사람의 기세에 놀라 예영이가 어깨를 움츠렸다.

"무슨 일이야?"

예영이가 엄마의 지나친 걱정을 화난 것으로 착각한 듯했다. 예영이의 시선이 아래로 향하는 것과 동시에 기어들어가는 목소리가 들렸다.

"잘못했어요."

집사람이 소리를 빽 질렀다.

"고개 들어!"

걱정이 화로 변했다. 내가 보기에도 예영이의 태도는 너무나 비굴했다. 우리 부부가 가장 싫어하는 모습이다.

화들짝 놀란 예영이가 고개를 드는가 싶었는데 어깨를 더욱 움츠렸다.

"잘못했어요."

그리고 뭐라 하기도 전에 두 손을 맞잡고 빌었다. 세상에! 어디서 배운 것일까? 어깨를 움츠리고 시선을 삐딱하게 올리며 두 손을 비빈다. 처음 보는 그 모습 앞에서 나는 망연자실했다.

"손 내려!"

나는 치밀어 오르는 화를 꾹 참고 단호하게 말했다. 예영이가 손을 내리더니 불안한 눈으로 나를 쳐다봤다. 그 눈빛도 마음에 들지 않았다.

"네가 잘못할 게 뭐 있어? 재밌게 놀아도, 친구와 싸워도, 그거 다 나쁜 마음으로 그런 거 아니잖아. 그런데 뭘 잘못해?"

아마도 화난 아빠를 처음 보았을 것이었다. 예영이의 눈빛이 변했다. 아빠의 말을 생각하기보다는 아빠가 화났다는 사실에 놀라고 있음이 분명했다. 그리고 움찔하는 그 순간에 예영이의 어깨가 펴졌다.

똘망한 꼬맹이의 눈빛이 흔들림 없이 나를 바라본다. 그 모양이 너무 예쁘다. 웃음이 나온다. 그러나 야단을 치자마자 '아이구, 우리 예쁜 예영이' 해서야 가르침의 흔적이 남겠는가. 비어져 나오는 미소를 감추려고 몸을 돌렸다. 나를 바라보는 집사람의 입가에도 미소가 걸린 듯했다. 나는 얼른 손짓으로 예영이를 가리켰다. 집사람은 내 손짓을 무시하고 몸을 돌렸다. 집사람의 입가엔 나보다 더 큰 미소가 어렸다.

"또 한 번 빌면 그땐 맴매다! 알았지?"

엄마의 말에 예영이가 어떻게 반응했는지는 알 수 없었다. 하지만 그 이후로 예영이는 빌거나 '잘못했다'는 말을 단 한 번도 하지 않았다.

　다른 사람에게 악의를 가지고 피해를 입히는 경우가 아니라면, 어린이들은 잘못하는 일이 있을 수 없다. 우선적으로 잘잘못에 대한 인식이 미성숙하다. 일방적으로 어른이 '잘못이다'라고 규정한 틀에서 사고할 뿐으로, 어린이들은 도덕적 규범을 내면화하지는 못한다. 그렇기 때문에 규범에서 일탈하는 행동은 대부분 어른이 강요하는 규범에 항거하는 형태를 띤다. 강요받은 규범을 내면화하지 못한 채 성장을 계속하면 탈규범적 사고에 사로잡힌다. 청소년들이 죄의식 없이 사회규범을 어기는 행동을 자연스럽게 행하는 것도 이런 이유이다. 다음으로 어린이들은 자신의 행위에 대한 결과 예측을 할 수 없기 때문에 자신의 행위가 왜 잘못인지 알 수 없다. 도덕이나 사회적 규범이라는 것이 행위의 시작에서 비롯되는 것이 아니라 결과를 놓고 결정된다. 예를 들어 욕을 하는 행위는 욕하는 것 자체가 문제라기보다 욕하는 본인의 심성이 공격적으로 변하고 욕을 듣는 상대방이 기분을 상하게 되는 결과를 빚어내기 때문에 문제가 된다. 이런 결과를 사고할 수 없는 어린이들은 '욕하지 마' 하는 어른들의 말에 따라 욕이 나쁜 것이라는 막연한 인식만을 갖는다. 어떤 유년의 어린이가 라이터 장난을 하다가 불을 냈다고 했을 때 이것을 어린이의 잘못으로 볼 수 있을까. 불장난의 재미에 빠진 어린이는 현재의 재미를 뛰어넘어 화재로 결과지어진다는 생각은 하지 못한다. 이는 '실수'일 뿐 '죄악'은 아니다. 오히려 어린이에게 불장난을 할 수 있도록 방조한 어른들이 '죄'를 짓는 것은 아닐까.

우리 애들이 말귀를 알아들을 때부터 나는 '잘못했다'나 '용서해주세요' 같은 말들은 아예 쓰지 못하게 했다. 다른 사람들에게 피해를 끼치는 행동으로 야단을 맞더라도 '미안해요' 하고 사과하게 했다. 그런 후에 우리 아이가 저지른 행동의 결과를 자근자근 설명해주었다.

만약 결과에 대해 스스로 알고 있음에도 '잘못'을 저지른다면 당당할 수 없을 것이다. 사이코패스가 아닌 한, 도덕적 규범이 내면화되는 과정에서 그에 반하는 행동을 하면 자연스럽게 위축되게 마련이다.

이런 이유로 나는 우리 딸들에게 '예의'라든가 '버릇'을 가르치는 대신, '당당하라'고 주문했다. 어느 상황에서건 당당함을 내세울 수 있다면 강제된 규율이 아닌 내면적 규율에 의해 판단하는 것이라고 확신하기 때문이다.

'놀고 싶은데⋯⋯⋯' 식의 말은 '놀고 싶어' 또는 '놀 거야'로 바꿔주었다. 무언가 변명거리를 내세울 때는 가차 없이 야단을 쳤다. 딸들이 성장하면서 '당당함'을 내세우라는 내 요구가 아주 훌륭했다고 생각한다. 일상적으로 당당함을 내세우는 우리 딸들은 자존감이 충만하고 내면의 감정에 충실하게 자랐다. '딸들 잘 키웠다' — 내 입으로 말하기 정말 쑥스럽다—는 말을 들을 때면 이 생각은 더욱 확실해진다.

　이런 환경 때문인지는 모르겠지만, 우리 딸들은 부모의 눈치를 살피지 않는다. 모르는 걸 묻고 주장하고픈 걸 주장한다. 이 당당한 딸들 때문에 피곤할 때마다 '이거, 잘못 가르친 거 아냐?' 싶기도 하다. 그리고 둘째딸 예영이의 뻔뻔한 당당함을 마주치게 되었다.

　다섯 살 터울의 예은이와 예영이는 가끔씩 투닥거린다. 이 분란의 시작은 대부분 언니를 향한 예영이의 질투에서 비롯된다. 예영이에게 있어서 이 세상 그 어떤 대상보다도 언니가 최대의 경쟁상대다. 예은이가 내 방에 들어와 수다를 떨면 예영이는 슬그머니 따라 들어온다. 마치 아빠와 특별한 무엇을 하나 안 하나 감시하는 듯하다. 초등학교 6학년생이 대화에 끼어들려 하면 예은이는 달갑지 않게 저지하게 마련이고, 그러면 예영이는 '아빠는 언니만 예뻐해' 하고 삐진다. 엄마랑 언니가 대학입시에 대한 얘기를 할 때도 빠지지 않고 끼는데, 역시 '초딩'이 끼어들 대화가 아니라서 결국 예영이는 '엄마는 언니만 예뻐해' 하고 삐진다. 몇 달 전에는 저녁을 먹을 때마다 예영이는 이렇게 한마디 하곤 했다.

　"우리 가족들은 나만 소외시켜."

　소외가 뭔지 알기나 하는 걸까. 이 예영이의 경쟁심은 언니도 분발하게 만든다. 엄마가 거실에서 텔레비전을 보고 있을 때 누군가가 먼저 엄마의 무릎을 베고 누우면 곧바로 반대편 무릎은 어느새 다른 머리가 차지한다. 자신들의 몸집보다 작은 엄마의 두 무릎에 둘이 달라붙은 모습은 그야말로 장관이다. 또 둘이 같이 있을 때 내게 전화를 하는 경우에는 누가 전화를 걸었든 둘 다 통화를 해야 통화가 끝난다. 행여 내가 실수로 전화 건 녀석하고만 통화하고 끊으면 반드시 바로 뒤이어 전화가 걸려온다. '소외감'을 느낀다고 주장하는 작은딸이야 그렇다고 해도 큰딸까지 덩달아 '소외감'과의 싸움을 하는 모양새다. 큰딸의 '분발'은 여기서 그치지 않는다. 두어 달 전이었다. 엄마가 귀지를 후벼주자 예은이가 샐쭉해서 말했다.

"흥! 난 이게 뭐야. 귀지도 없어서 맨날 그냥 일어나잖아. 예영이는 엄마가 한참이나 파주는데."

고등학교 2학년생의 말치고는 상당히 유치하다. 초등 6년생의 동생과 경쟁하면서 정신연령이 확실히 '초딩'을 따라간다.

예영이가 유치원 가기 전에는 언니에 대한 경쟁심이 지금보다 훨씬 셌다. 언니를 괴롭히고, 언니의 대응에 울먹이며 우리 내외에게 이르고, 우리가 언니를 야단치지 않으면 땡깡을 놓는 일들이 다반사였다. 이런 일상의 소란은 아무 것도 아니었다. 아마 예영이가 서너 살 정도였던 무렵인 듯하다. 건수를 만들어 기어코 언니를 때리기 시작했다. 처음에는 얼마나 저러려나 지켜보았다. 이것을 틈새라고 여겼는지 예영이의 행패

가 더 심해졌다. 예은이가 민감하게 반응할 즈음에는 더 이상 놓아둘 수
만은 없었다.

예영이가 언니에게 달려들 때를 기다려 따끔하게 혼내기로 작정했
다. 그리고 때가 왔다.

"예영아!"

화난 목소리를 꾸며 불렀다. 예영이가 흠칫하며 언니 엉덩이를 때리
던 손을 슬그머니 내렸다.

"따라 들어와!"

아빠의 화난 목소리가 심상치 않다고 느꼈는지 순순히 내 뒤를 따랐
다. 예영이가 방 안에 들어선 걸 확인하고 방문을 닫았다. 예영이는 불
안한 눈빛을 숨기며 제법 어깨에 힘주고 섰다.

"뭐 하는 짓이야? 언니를 때려?"

예영이가 자기 시선에 맞는 내 배를 바라보고 아무 말도 하지 않았다.

"잘못했어, 안 했어?"

대답이 없다. 하긴 '잘못했다'는 말을 하지 못하게 한 것이 내가 아니
던가. 나는 질문을 잘못했다고 생각했지만 이미 엎질러진 물이었다. 얼
른 대안을 찾았다.

"언니한테 '미안해' 할 거야 안 할 거야?"

예영이가 입술을 앙 다문다. 사과할 이유가 없다는 표정이었다. 꼬맹

이가 입술을 앙 다물고 뭔가 곰곰이 생각하는 모양을 내려보면 정말 깨
물어주고플 만큼 귀엽다. 야단치는 거고 뭐고 다 때려치우고 볼에 뽀뽀
하고 싶어진다. 그러나 부모는 자식을 위하여 가끔 솔직하지 않아야 할
때가 있다.

"엄마 아빠 없을 때 널 돌봐주는 딱 하나밖에 없는 언니야. 네가 주
위를 둘러봐. 엄마 아빠 빼고 언니만큼 친한 사람이 있어? 그런데 언니
를 때려?"

이쯤이면 예영이가 애교를 부리며 '미안해 할 거야' 하고 상황을 끝낼
시점이다. 그걸 예상하고 내가 목소리에 화를 좀 뺐더니 예영이는 굳게
다문 입술에 힘을 더 쓴다.

"언니한테 '미안해' 할 거지?"

화를 실었다. 그러나 예영이는 대답하지 않았다.

"예영아!"

역시 대답하지 않았다. 나는 목소리에 화를 더 실었다.

"예영아! '미안해' 할 거지!"

예영이가 고개를 숙이지도 않은 채 내 배를 바라보기만 했다. '이젠
알았으니 그만 하자'고 내가 먼저 항복할 수는 없었다. 언니를 때리는
게 당연하다 여기는 꼬맹이의 지나친 경쟁의식을 그대로 놓아둘 수도
없었다.

나는 소리를 빽 질렀다.

"예영아!"

순간, 예영이의 몸이 무너져 내렸다. 마른 짚단 무너지듯, 다리가 풀리며 어깨가 바닥에 닿았다. 핏기 없는 하얀 얼굴, 파르르 떠는 감긴 눈꺼풀……. 그 순간에도 연기를 하는 건지 아닌지 살피는 참으로 못난 아빠였다. 내 목소리가 심상치 않았는지 방문을 열어보던 집사람과 예은이가 화들짝 놀라 예영이에게로 달려들었다. 집사람이 안아서 예영이의 가슴을 문질러주는 동안 예은이는 동생의 팔다리를 주물렀다.

예영이가 가늘게 눈을 떴을 때 나는 집사람에게서 예영이를 받아 안고는 꼭 끌어안았다. 한참을 그러고 있는 사이, 내 가슴은 꼬맹이의 눈물로 흠뻑 젖었다.

'엄마보다 아빠 화 내는 게 정말 무서워.' 예영이는 일생일대에 딱 한 번 혼나놓고는 지금도 저렇게 말한다. 확실히 내 '훈육'은 효과가 대단했다. 그리고 역시나 예영이의 행동이 변했다! 그 당당한 모습은 여전했지만 방식이 달라졌다.

언니가 앉아 있으면 그 곁을 지나면서 슬며시 발을 밟는다. 마치 실수한 것만 같다. 그리고 말한다.

"언니, 미안해."

언니가 의자에 앉아 공부를 하면 엉덩이가 의자에 걸린 것처럼 툭 민다. 언니가 화들짝 놀라 돌아보면 잊지 않고 한마디 한다.

"미안해."

말만 그렇다. 예영이의 얼굴에는 의기양양한 빛이 환하다.

예영이의 그 '당당한 미안함'은 초등학교 입학할 때까지 계속됐다. 언니 예은이의 반응이 시들해지면서 예영이의 뻔뻔한 자신감도 한풀 꺾였다.

작년 초 쯤에, 예영이가 6년이나 지난 일을 얘기한 적이 있었다. 유치원 생활에 익숙해지기도 전, 선생님이 상황 설명을 하려는 예영이를 가로막고 무조선 '네가 잘못했다'고 했단다. 별 일이 아니었지만, 예영이가 '잘못했다'고 하지 않자 선생님은 아무도 없는 교실 한 가운데 놓인 '생각하는 의자'에 반성하라고 했다 한다. 불 꺼진 교실에 홀로 남겨져 예영이는 그렇게 몇 시간을 앉아 있었다고 말하면서 눈물을 뚝뚝 떨궜다.

억울했기에 흘리는 눈물일 것이었다. 그 얘기를 고백하기까지, 어린 나이에 그 긴 6년 동안, 소화 안 되는 경험을 소화시키기 위하여 얼마나 애태웠을까 생각하니 내 가슴이 아려왔다. 얼마나 많은 악몽을 꾸었을까……, 비슷한 상황을 만날 때마다 떠오르는 그때의 기억을 지우기 위해 얼마나 몸부림쳤을까……. 그리고 어쩌면 무조건 그 기억을 잊기 위하여 유치원 생활 전반의 추억을 지우려 했는지도 몰랐다.

제 딴엔 그날의 일을 나름 정리했기 때문에 우리에게 얘기한 것이리라. 그러나 불 꺼진 교실 한복판에 홀로 벌을 섰던 그 일은 예영이에게는 자존을 무너뜨린 공포의 침습으로 영원히 기억될 것이다. 부모가 아무리 그 상처를 달래준다 해도 남겨진 흉터만큼은 온전히 지울 수 없을 것이다.

유년기를 거쳐 청소년기에 얼마만큼의 자존감을 갖는지가 그 사람의 품성을 결정짓는다. 자존감의 성숙이 없으면 성인이 되었을 때 타인을 존중할 수 있는 내면의 확장이 불가능하다. 아픔을 모르는 사람이 이웃의 아픔을 이해할 수 없는 것과 마찬가지다. 그러므로 어린 시절에 자존감을 갖지 못한 사람은 이기적이고 독선적인 반사회적 인간이 될 수밖에 없다.

자존감이 바탕이 되어야 창의력이나 적극성도 나온다. 자존감이 없으면 시대의 대세나 쫓아 안위를 구하는 것이 다일 것이고 이는 곧 소극적인 자세로 직결된다. 어릴 때부터 자존감을 키워온 사람이라야 새로운 창조를 위해 능동적으로 사고하고 행동하는 인재가 될 수 있다.

그런데 우리 주위를 둘러보면 이 사회는 청소년들의 자존감을 무너뜨리기 위해 설계된 구조물 같다. 유치원생들도 영어 열풍이다. 부모와 친구들과 일상적으로 나누는 말을 뒤로 제치고 어색하고 적응하기 힘

든 말을 배운다. 내 일상이 부정되는 현실에서 자존감이 형성될 리 없
다. 게다가 유치원생부터 공부 잘하는 아이와 못하는 아이로 갈려버린
다. 무한한 가능성을 두고 어린이들을 대하는 것이 아니라 이미 그 나이
대에서 보이는 단순한 능력만으로 편가름하는 것이다. 잠재적 가능성이
큰 아이라도 주눅이 들어 잠재적 능력을 끄집어 보일 기회조차 잃어버리
는지도 모른다. 그리고 초등학교에 입학하는 순간, 모든 학교생활은 중
고등 언니 오빠들에 못지않게 성적에 매이게 된다. 아무리 운동을 잘하
고 노래를 잘 불러도, 또래에서 약간의 호감을 얻을 뿐, 성적을 올리지
못하면 바로 무시된다.

　중고등학생이 되면 상황은 더욱 심각해진다. 공부 못해서 대학 진학
이 여의치 않은 친구들은 인생의 설계조차 스스로 해낼 수가 없는 지경
에 처한다. 어릴 때부터 무시와 질책 속에 자라난 이들은 극도의 열등
감 속에 현실 탈출의 기회만 엿보게 되는 것이다. 공부 잘하는 친구들
도 이전까지와는 확연히 달라진 처지를 깨닫게 된다. '일류 대학'을 갈
수 없는 친구들은 이전까지 제법 공부했다는 자긍심을 한꺼번에 잃어버
리는 당혹스런 현실을 마주한다. 이젠 성적표에 기록되는 등수에 따라
자신의 가치가 결정되어버리는 현실을 받아들여야만 한다. 성적표의 등
수 기록은 일등 이외의 모든 이에게 자긍심이 아닌 열등감을 불러일으킨
다. 만년 2등의 가슴 아픈 고백을 들어볼 필요도 없다. 올림픽에서 은메

달을 따고 낙담하여 우는 대한민국 선수들을 바라보는 당혹스런 외국인들의 시선, 우리는 일등 이외에는 열등감만 키워주는 사회에 살고 있다. 그리고 일등은 어떤 조직에서나 단 한 명이다.

경쟁이 치열하면 일등은 일등이 아니다. 일등의 자긍심을 느끼는 짧은 순간의 환희는 곧바로 경쟁에서 밀려날 수 있다는 불안감에 지배된다. 극도로 심신을 무기력하게 만드는 불안감이다. 이 불안감 때문에 성적 우수하고 성격 좋은 청소년들이 자살하는 슬픈 소식을 들어야 한다.

이보다 더 아픈 시대의 자화상이 또 있을까. 그래서 나는 '나는 가수다'나 '슈퍼스타 K' 같은 프로그램은 보지 않는다. 등수 놀음은 언제나 다수의 패배자를 만든다. 아니, 모두를 패배자로 만든다. 보는 이들에게 일등을 향한 대리만족을 주는 것도 잠시, 일상으로 돌아오는 시청자들은 환상과 다른 현실 속에서 더 큰 패배의식에 빠진다. 이런 프로그램이, 안 그래도 열등감에 시달리는 우리 청소년들에게 어떤 영향을 끼치는지 다시 돌아볼 일이다.

일등을 고르기 위해 한 줄로 세우는 일은 이제 그만 할 때가 되었다. 록 가수에게 트로트를 부르게 하고 R&B 가수에게 록을 부르게 하고 등수를 매기는 것은 권투선수와 야구선수, 축구선수를 모아놓고 백 미터 경주를 시키는 것과 같다. 우리가 추구하는 것은 모든 영역에서의 일등이 아니라, 자신만의 삶의 영역을 구축해내는 것이 아닐까. '나는 가수다'에서 말하길 '일등은 의미가 없다. 모두 가창력을 인정받은 가수들이기 때문이다'고 한다. 그런데 왜 등수를 매기고 있을까?

예영이가 학교 숙제라며 가훈이 뭔지 물었다.

"이웃과 더불어 살자."

멋진 문구를 기대했는지 예영이의 표정이 야릇해진다. 그 이상 뭘 더 바랄까. 하긴 하루하루 경쟁 속에서 사는 예영이가 '더불어 산다'는 게 뭔지 알기도 힘들겠다. 세상을 살아가는 데 '더불어 살 이웃'이 있다는 것만큼 행복한 건 없을 것이다. 그런데도 우리 기성세대는 우리가 겪는 것 이상으로 우리 아이들을 '일등' 만들고 우리 아이들이 다른 사람들의 위에 서도록 강요하고 있다.

삼류 인생은 열등감 속에서 나온다. 비교 기준이 다양하지 못한 가운데 경쟁에 내몰리면 누구나 열등감을 갖게 마련이다. 건강하게 형성된 열등감은 삶을 개선하는 동기가 되겠지만, 경쟁에 치인 결과로서의 열등감은 자존감마저 앗아간다. 자존감의 상실 이후의 경쟁이란 자신이 능력을 계발하는 노력보다는 경쟁상대의 몰락을 도모하게 된다. 온갖 편법을 동원하고자 머리를 굴리고 타인을 흠집 내기 위한 흑색선전을 퍼부어댄다. 그리하여 '못 먹는 떡에 침 뱉고 간다'는 행태가 공공연히 자행되고, 그럼으로써 바로 삼류 인생의 집합이 되는 것이다.

자존감이 있다면 다른 이를 존중하며 일등에 목숨 걸 일은 없다. 그

리고 그 자존감은 자신이 좋아하고 잘하는 영역에서 우월한 성취를 이
룰 수 있도록 채근할 것이다. 그런 이유로 나는 우리 딸들, 나아가 우리
청소년들에게 이렇게 말하고 싶다.
  "일등이 아닌, 일류가 되어라."

09

우리는 '비빌 언덕'이면 충분해

　GIST가 소개된 기사에 인문학과 연계된 과학을 강조한 대목이 내 눈길을 끌었다. 그것 하나만으로도 우리 딸이 입시 목표로 삼을 만하다고 생각했다.

　'인문학의 위기'라는 말은 많아도 정작 그것이 왜 심각한 문제인지는 고민이 덜하다. 고등학교 교육 과정에 철학을 바탕으로 하는 윤리가 천대받고 세계사는 물론이요 국사마저 선택과목으로 전락한 현실에서도 이에 대한 심도 있는 논의는 찾아보기 어렵다. 실용주의가 지배하고 있는 우리 현실이 적나라하게 드러난다. 눈앞의 이익을 보장하지 않는 것들은 쉽게 무시된다. '어떻게' 의도한 결과를 만들어내느냐가 중요할 뿐, '왜, 무엇을 위하여'는 전혀 중요치 않은 사회다. 인간의 행위 모두가 '좋은 결과'로 귀결되는 것이 '선(善)'이라 하면서도 정작 '좋은 결과'가 무엇인지 외면하고 있다. '물질 중심주의'의 자본주의 체제에서 실용주의는 이윤의 극대화가 선으로 귀결될 수밖에 없다. 그것이 사람을 위한 것인지 물질 그 자체를 위한 것인지는 이미 관심 밖이다. 이런 이유로 인문학의 위기는 물질적 가치 속에 인간의 가치를 종속시키는 현실에 어떤 의문도 품지 못하게 한다. 인문학의 위기는 '왜, 무엇을 위하여'라는 근본적인 질문조차 무의미하게 만들어버리는 마력을 부리기 때문이다.

　현대 과학이 인문학에 눈을 돌리는 것도 당연하다. 과거와 같이 가설을 세움에 있어 경험적으로 확인되는 현상에 기초하기에는 현대 과학이 너무나 발전했다. 천체물리학이나 양자물리학에서 확인되다시피, 이젠 현상의 해석조차 경험적 진리를 뛰어넘어 이전까지의 과학적 성과물을 재해석하는 고도의 추상적 정신 활동이 필수적이다. 현상의 해석과 가설의 설정에 있어서의 추상성은 '어떻게'에 머무르지 못하게 한다. 이 추상성에 꼭 필요한 상상력은 과학이라는 지적 쾌락의 과거 영역을 파괴한다. 사람과 관계된 세계의 총체적인 인식을 요구하는 것이다.

내가 인문학에 관심이 깊어진 것은 소설을 쓴 지 5,6년 지난 시점부터였다. 처음 소설 쓸 때에는 좋은 소설이 마치 잘 읽히는 소설인 양 문체와 표현력에 집중했다. 전공이 문학이 아닌 탓에 습작을 겸한다는 생각이 깊었기 때문인지도 모른다. 사람의 삶에 대하여 어느 정도는 알고 있다고 자만한 듯하다. 그렇게 두어 편 작업을 하는 중에 문득 심각한 벽을 마주한 느낌을 받았다. 소설 소재는 넘쳤고 표현력도 그럭저럭 만족한 수준이었는데 무엇이 문제인지 알 수가 없었다. 집사람에게 조언을 구했더니 집사람은 먼저 이런 말부터 했다.

"서정성이 안 살아."

소설가로서 치명적인 사망선고나 다름없었다. '실용문은 머리로 말하고 문학은 가슴으로 말한다'는 것이 내 지론이고 보면, '가슴으로 말 못 하는 소설가'는 소설가가 아니었다. 집사람은 이어 '논문을 쉽게 펴놓은 것 같아.' 했다. 집사람의 말 앞에서 아뜩한 기분을 느끼며 필사적으로 반론을 찾을 때, 나는 내 자만의 실체를 깨달았다. 사람의 삶을 이해하고 있다는 내 아집은 관념에서 수용하는 사람의 삶이었다. 실체로서 삶의 구체적인 다양한 모습에 대한 이해가 없었다. 순간순간 변화하는 사람들의 그 역동적인 감정을 나는 뭉뚱그려 해석하고 있었던 것이었다. 참으로 많은 고민을 했다. 내 삶을 반추하며 내가 만났던 사람들의 구체적인 모습들을 상황과 연결시켜 하나하나 되짚어보는 작업을 계속했다. 만나는 사람마다 그의 환경과 연결시켜 그의 감정 변화들을 조심스럽게 유추해보는 피곤한 작업들을 계속했다. 그리고 어느 정도 성과가 있다 싶을 때 한 권의 소설을 썼다. 『허수(虛數)』라는 제목으로 책을 내면서는 '내가 서 있는 자리'라고 제목 붙일까 몹시도 고민했다. 관념과 현재적 실체의 모순을 그려냈던 소설로서, 구상과 집필까지 몇 년이 걸린 작품이다.

그리고 또 벽을 맞았다. 숱한 소재들에 둘러싸여 있으면서도 쉽게 집필 구상에 들어가지 못했다. 이런 고민을 들은 집사람은 간단하게 한마디 했다.

"앙드레 지드, 앙드레 말로, 생텍쥐페리 그리고 사르트르까지, 프랑스 작가들은 기본적으로 철학자잖아."

이런 말을 듣고 '세계적인 명장들과 이름을 나란히 하라는 아름다운 권고'라고 생각할 정신 나간 사람은 없으리라. 나는 다른 생각할 것도 없이 그대로 주눅이 들어버렸다. 소설을 쓸 수 없을 것 같았다. 마지막 남은 자존심을 붙들면서 오래 전에 쓰다 버린 소설을 찾아 읽었다. 쓰다가 중지할 수밖에 없었던 이유가 보였다. 드라마 구성이 문제라고 했는데 역시 그랬다. 인물 사이의 갈등 관계부터 시대상황에 대한 해석이 오밀조밀 엮이지가 못했다. 조선 초기를 배경으로 하는 소설이라 성리학, 유교, 불교 등 고전을 많이도 읽었지만 구체적인 시대상황하고 당시의 철학을 연결시키지 못함으로써 사건을 매개로 인간관계가 분명해지지 않았다. '무엇을 쓰려고 했는가?' 하는 문제로 다시 돌아갔다. 단편적인 사실을 나열하는 것은 의미가 없었다. 사실과 사실 사이에 감추어진 그 무엇을 써야 했다. 그 '무엇'은 진실이라 하는 것으로, 시대의 삶에 투영되는 인간의 삶이 본질이었다. 그리고 그 본질은 예나 지금이나 크게 다르지 않았다. 그리하여 고민이 무르익어가면서 자연스럽게 역사소설을 쓰자고 결심하게 되었다. 그 고민의 결과가 『어젯밤 비에 꽃이 피더니』라는 역사소설이다.

'사실'은 언제나 중요하다. 그러나 역사 탐구는 사실에 대한 '해석'이다. 경험적으로 알 수 있는 사실과 사실 사이에 감각기관을 통해 알 수 없는 '진실'이 존재한다. 사건과 사건을 두고 논리적으로 적합하게 추론해내는 것은 형식논리만으로는 안 된다. 상상력이 필요함은 물론이요, 일관된 역사관, 세계관이 전제되어야 한다.

　이런 이유에서 나는 후회를 한다. ‘역사를 전공했더라면……’, ‘철학을 전공했더라면……’. 뒤늦게 벽을 마주하지 않을 수 있고, 설사 벽이 있다 하더라도 그 극복이 손쉬웠을 것이다. 소설을 쓰면 쓸수록 나를 방해하는 것은 기능이 아니라는 결론에 이른다. 전문적 영역에서 고민하고 성과를 내다보면 어느새 기능은 중요한 것이 못 된다. ‘어떻게’의 영역인 기(技)와 술(術)은 ‘왜, 무엇을 위하여’라는 근본 문제에 해답을 주지 못한다.

　내가 우리 딸들에게 은근하게 인문학을 강조하는 것도 내 경험의 산물이다. 후회가 깊은 만큼 인문학의 강조가 집요하다.

　내가 인문학을 전공했더라면 소설을 훨씬 잘 쓰리라는 ‘확신’은 인문학을 전공하지 않았기 때문에 소설을 잘 쓰지 못한다는 반대논리에서 나온다. 인문학을 전공했다면 소설을 훨씬 잘 쓸 것인지는 나도 모른다. 어쩌면 아예 소설가가 되지 않고 역사학자나 철학자가 되어 있을지 누가 알까. 하지만 현재의 반성은 그런 다양한 가능성을 무시한다. 현재의 끈을 놓지 않으면서 현재가 달라졌을 거라는 생각에만 몰두하기 때문이다.

　때로 현재의 불만족에 따른 과거에의 후회가 현재를 송두리째 부정하게끔 만들기도 한다. 그러지 않았다면! 내가 소설가라는 직업이 마음에 들지 않는다면 아마도 소설가가 되는 그 어떤 과거의 계기를 증오할 것이다. 소설가보다 훨씬 좋다고 생각하는 그 무언가를 그려보며 소설가인 내 자신을 미워하게 될 것이다.

현재를 인정하고 그 불만족스런 무언가가 변했으면 하는 과거에의 후회는 특별한 노력을 통하여 극복할 수 있다. 내게 있어서는 소설 창작을 위하여 뒤늦게나마 인문학을 공부하는 것 등이다. 그러나 현재를 송두리째 부정하는 과거에의 후회에는 별다른 돌파구가 없다. 처음부터 다시 시작할 엄두를 낼 정도라면 현재를 부정하는 후회를 하지는 않을 것이다. 현재의 부정은 무언가를 새롭게 시도할 동력마저 앗아가 버린다.

정도의 차이만 있을지언정 모든 이들이 현재 삶에 만족하지 못할 것이다. 이 현실 불만족은 그대로 자녀에게 전가된다. 폭력을 행사하고 방치하는 것과 같이 비정상적인 부분은 차치하자. 정상적인 부모들은 자신의 후회를 사랑하는 자녀가 똑같이 경험하지 않았으면 하고 바란다. 이런 경우, 대부분의 사람들은 자녀를 통하여 대리만족을 구한다는 생각을 잊고 사랑하기 때문이라고 자기 암시를 건다.

앞에서도 지적한 대로, 자신의 경험에 대한 주관적 반성은 몹시도 불완전하다. 현재가 이런데 과거에 이랬다면 달라졌을 거라는 판단은 현재의 부정적인 것만 제거하면 현재는 만족스러울 거라는 착각을 낳는다. 과거에 그럴 수밖에 없었던 능력이나 품성, 나아가 상황 전반에 걸

친 다양한 조건은 처음부터 무시된다. 과거에 행위나 판단을 달리 했다 하더라도 그 결과가 자신의 현재 희망대로 달성되었다는 건 막연한 추측일 뿐이다. 오히려 현재의 불만족이 더 크게 나타나는 결과가 될 수도 있다. 그럼에도 불구하고 그 불완전한 반성을 절대시하여 자녀들에게 강요하는 행태를 취하게 된다. 성인이 된 후에 컴퓨터를 만졌던 부모가 날 때부터 스마트폰을 만지는 자녀를 자신의 경험에 기초하여 훈육하는 것이다. 소비가 미덕처럼 여겨지는 현대를 살아가는 아이들에게 절약이 미덕인 사회를 살아온 그 경험을 토대로 가르친다. 모계사회에 버금가는 가정질서에 익숙한 자녀들을 가부장제에 길들여 살았던 경험으로 다그친다. 불행히도, 이런 관계가 오늘날 부모와 자녀 간에 발생하는 갈등의 요인이다.

일방적 강요는 자녀의 항변을 도전으로 치부한다. 그리하여 자녀들은, 안 그래도 부모의 직업이나 사고 등이 탐탁지 않은 판에, 이젠 부모의 과거 전부를 혐오하게 된다. 결국 대화의 단절을 넘어 감성의 단절에까지 이르고 만다.

집사람은 남양주시 청소년상담센터의 청소년동반자 일을 하고 있다. 상담 의뢰가 들어오는 청소년을 만나 상담하는 일이다 보니 다양한 문제를 겪는 청소년들의 애기를 듣는다. 부모 또는 친구와의 갈등으로 고민

하는 청소년부터 신문 지상에서 보는 청소년까지, 상담하는 청소년들의
문제도 천차만별이다.

상담 일을 지속할수록 집사람은 힘들어 한다. 바람직한 방향으로 변
화하는 청소년들을 바라보며 일의 보람을 찾는 것도 잠시라는 것이다.
문제를 일으키는 환경이 그대로인 한, 청소년들은 결국 똑같은 자리로
되돌아간다고 한다. 그래서 집사람은, 과거 심리학 전공을 살짝 후회하
면서, 현재 사회복지학에 관심을 갖고 있다.

"청소년들의 문제는 모두 부모의 문제야."

너무 자주 들으니 이젠 식상하다. 내 기분을 알아서일까, 며칠 전에
집사람이 이렇게 말했다.

"부모는 산이어야 한다고 생각해. 뒷동산도 말고 백두산도 말고, 딱
천마산 같은 산. 너무 만만해서 기어오르기 좋은 산도 아니고, 너무 높
아서 위압감부터 드는 산도 아닌, 동네에 우뚝 서서 나를 지켜보고 있는
산 말이야."

내가 천마산을 떠올릴 때 집사람은 한숨과 함께 나직이 말했다.

"'프로크루스테스의 침대' 알잖아. 요즘 애들 부모 만날 때마다 그
침대가 생각나네."

천마산 얘기를 하더니 갑자기 그리스 신화에서 노상강도 짓을 하던
프로크루스테스 얘기를 꺼내 나는 잠시 대꾸를 잊었다. 그리고 문제인

부모를 제쳐두고 그 자녀를 마주해 상담해야 하는 집사람의 무기력함을 느꼈다.

네이버 백과사전에 프로크루스테스[Procrustes]는 이렇게 설명되어 있다.

'늘이는 자' 또는 '두드려서 펴는 자'를 뜻하며 폴리페몬(Polypemon) 또는 다마스테스(Damastes)라고도 한다. 아테네 교외의 케피소스 강가에 살면서 지나가는 나그네를 집에 초대한다고 데려와 쇠침대에 눕히고는 침대 길이보다 짧으면 다리를 잡아 늘이고 길면 잘라 버렸다. 아테네의 영웅 테세우스에게 자신이 저지르던 악행과 똑같은 수법으로 죽임을 당하였다. 이 신화에서 '프로크루스테스의 침대(Procrustean bed)' 및 '프로크루스테스 체계(Procrustean method)'라는 말이 생겨났는데, 융통성이 없거나 자기가 세운 일방적인 기준에 다른 사람들의 생각을 억지로 맞추려는 아집과 편견을 비유하는 관용구로 쓰인다.

이와 비슷한 내용이 『장자(莊子)』에도 있다.

오리 다리가 짧다고 늘리려 하지 마라. 학 다리가 길다고 자르지 마라. 본래 짧은 것에는 짧을 이유가 있고 긴 것에는 긴 까닭이 있다.

큰딸 예은이가 중학교에 입학한 직후에 부모라면 경기를 일으킬 '왕따' 사건을 겪었다.

"애들이 문자로 욕해. 학교 가기 싫어."

성격 좋기로 소문난 예은이기에 내 놀라움은 컸다. 집사람은 얼굴이 사색이 되어 딸아이만 바라보고 있었다. '침착하자' 세뇌를 해도 내 가슴은 방망이질 쳤다. 그리고 곧 '나보다 당사자는 오죽 마음고생이 심할까' 하는 생각을 붙들었다. 집사람이 예은이 손을 꼭 잡고 있는 모습을 보고 나는 마음을 가라앉힐 수 있었다.

어떤 상황인지 알아야 했다. 우리 아이의 문제일 수도 있었다. 우선은 예은이의 얘기부터 듣기로 했다. 마음을 다칠까봐 조심스럽게 물었고 예은이는 '왕따' 상황만을 짤막하게 말했다. 친구 하나가 예은이 반 여자아이들에게 '예은이가 뒷담화한다'는 '뒷담화'를 하고 다닌다고 했다. 두어 날 지나니 친구들의 눈초리가 달라지고 같이 있으려 하지 않는다고 했다. 예은이에게 친구들 '뒷담화' 했냐고 물었더니 아니란다. 상황은 이해가 되는데 그 원인은 알 수가 없었다.

"꼭 학교 다녀야 하는 건 아니니까 걱정하지 마. 학교 가기 싫으면 안 가면 되지 뭐. 홈스쿨링 알아볼까?"

집사람이 경쾌하게 말했다. 그래서 예은이의 기분이 풀린다면 다행일 텐데 예은이의 표정에는 변화가 없었다.

다음날, 예은이는 자신의 의사대로 학교에 가지 않았다. 대신 집사람이 담임 면담을 하러 등교했다. 부모가 어떻게 개입해야 좋을지 예은이와 의논하던 중에 일단 예은이가 담임 면담은 좋다고 해서 집사람이 발걸음을 했다.

"담임선생님 말씀으론 그럴 리가 없다네. 학교에서 예의바른 학생으로 꼽히는 예은이가 친구들한테 해코지 당할 일은 없다는 거야."

"그럼 그렇지. 우리 딸이 누군데."

내가 맞장구를 치며 딸에 대한 무한 신뢰를 보냈다. 가족회의에서 대책을 논의할 때 집사람이 왕따시키는 친구와 그 부모도 만나서 얘길 할까 했더니 예은이가 말렸다. 부모에 의지하기보다는 제 스스로 해결하려는 의지가 보였다. 예은이는 다음날 등교하겠다고 했다.

"일단 학교 다녀보고 아니다 하면 안 다닐게."

그로부터 이틀 동안 집사람은 예은이의 하교시간에 맞춰 학교 입구에서 예은이를 기다렸다. 그렇게 시간이 가고 결국 예은이는 그 때 그 친구들 대부분과 지금까지 절친으로 지내고 있다.

이 일을 겪고 나는 중요한 것을 깨달았다. 우리 딸들이 겪는 일을 내 경험에 비추어 '이래야 한다' 강요해선 안 된다는 것이었다. 처음 예은이가 왕따 얘기를 했을 때 나는 '네가 뭔 문제가 있는지부터 생각하라'고 하고 싶었다. 우리가 학교 다닐 때에도 왕따가 있었는데 왕따 당하는 이유가 충분했다. 잘난 척하거나 지저분하거나 이기적이거나 하는 이유들이다. 아무 이유 없이 단지 싫다는 감정 때문에 소수의 아이가 반 아이들 전체를 선동하는 오늘날의 실태를 알지 못했다. 내가 예은이에 대한 신뢰가 부족했더라면 성급하게 '네 문제부터 따지자'고 달려들었을지도 몰랐다. 다음으로, 집사람이 먼저 홈스쿨링 얘기를 꺼내지 않았다면 나는 '일단 학교에는 가라. 사회생활이란 그런 거지' 하고 말하려 했다. 우리 때에는 무관심으로 왕따시켰다. 친구들의 무관심이라면 친구 좋아하는 예은이가 마음의 상처를 입겠지만 시간이 흐르면 극복할 수 있다고 생각했다. 그러나 사정을 알고 보니 요즘 학생들은 무관심이 아니라 굉장히 공격적이었다. 보는 앞에서 친구 팔짱을 끼고 예은이가 들릴 소리로 험담을 한다고 했다. 성인이라도 이런 분위기는 견디기 힘들 터이다. 그걸 모르고 옛날 생각만 하다가 우리 딸 가슴에 멍을 안길 뻔했다.

'부모는 비빌 언덕이면 되는구나. 원하지도 않는데 나서서 설치지도 말아야 하고, 위기에 처했는데 믿어주지도 않는 이방인이 되어서는 안 되겠어.'

내 나름의 깊은 깨달음이다. '아이는 스스로 크며, 부모는 그 성장에

도움만 주는 제한적 존재다'고 말해온 내가 다시 그런 깨달음으로 돌아 갔다.

최후의 안식처, 마지막 의지처가 있다면 사람은 좌절에 빠지지 않을 것이다. 그것이 도피처라도 상관없다. 좌절은 실패했을 때 찾아오는 것이 아니라 희망이 무너졌을 때 찾아오는 것 아니던가. 가장 힘들 때 부모의 품에 안길 수 있는 청소년이라면 극한의 결단을 하지는 않을 것이다.

대학생들과 청년들의 자살을 생각하며 최후의 안식처도 갖지 못한 젊음을 나는 서러워한다. 그리고 '비빌 언덕'이 되어주지 못하는 부모들을 대신하여, 이 사회가 '비빌 언덕'이 되어주는 방안을 고민한다.

17

부모님이 야단쳤으면 난 달라졌을 거야

친구들과 저녁을 먹는 중에 자연스럽게 아이들 얘기가 나왔다. 말 안 듣는 아이들만큼이나 우리도 그 땐 그랬다는 농담도 주고받았다. 그러다 한 친구가 이런 말을 했다.

"그때 부모님이 매를 들어서라도 공부해라 했으면 마음을 잡을 수 있었을 거야. 알아서 할 나이가 아니었잖아."

중학교 때 잠시 방황했던 친구는 부모님의 너그러움이 못내 아쉬운 모양이었다.

"지금 애들도 그래. 아직 혼자 설 나이가 아니잖아. 공부할 때는 공부해야 하는데, 공부 좋아하는 애들도 없고. 필요하면 몽둥이 찜질이라도 해야지."

틀린 말이 아니었기에 직접 반박하는 이들은 없었다. 잠시 후 한 친구가 고개를 설레설레 저으며 말했다.

"아빠가 끼어들 틈이라도 있나 어디. 공부해라 학원 가라 밥 먹어라……. 집사람 목소리가 하루 종일 울려댄다니까. 애들이 말이나 듣나. 집사람 목소리는 커져만 가지, 애들은 대충대충 말대꾸하지……. 그러다가 집사람하고 애들 싸움이 된다니까. 정말이야. 혼내는 게 아니라 애들 둘하고 집사람이 싸움하는 꼴이 된다고!"

여느 부모나 부모의 역할에 대하여 고민할 것이다. 그 고민의 결과는 자녀를 어느 선에서 책임져야 하는지에 대한 다양한 해석으로 나타난다. 어떤 부모는 자녀의 모든 것을 책임져야 한다고 믿기에 양말 하나까지 챙겨 신길 것이고, 어떤 부모는 양육에 필요한 돈만 벌면 된다고 야근을 밥 먹듯 할 것이다. 부부 사이의 생각도 달라 자녀 양육을 놓고 심심찮게 부부싸움이 일어난다. 그리고 부모의 뜻과는 상관없이 아이들은 또 제멋대로 부모의 역할을 해석한다. 부모의 간섭과 속박에서 벗어나고자 반항하는 자녀부터 부모와 함께 하는 시간을 늘려 갖고 싶어하는 자녀까지, 부모의 행태만큼이나 자녀들의 요구는 다채롭다. 만족은 현실을 늘 외면하고 이상 세계에만 존재하는가 보다!

타고난 재능에서는 불행히도 유전자를 속일 수 없다. '넌 누굴 닮아서 이 모양이야!' 자녀를 다그치고 나서도 머쓱해진다. 아이들의 눈에 측은지심까지 보인다. '왜 날 이렇게 낳으셨어요?'도 어릴 때나 툭 던지는 말이다. 초등학교 고학년만 돼도 자기가 누구를 닮아 그런지 아주 잘 안다. '아빠가 초등학교 땐 말이야……' '왕년에'도 어린 자녀에게나 먹힌다. 중학생만 돼도 이런 부모의 말에 엄마 아빠 생활기록부 보지고 안 한다. 자기의 생활기록부를 보면 그만인 것이다.

부모는 유전자가 전부가 아니라고 확신하고 싶어한다. 열심히 하면 유전적인 한계도 극복할 수 있다고 믿고 싶어한다. 그리고 사실이 그렇다. 노력은 어느 정도의 성취까지 누구나 가능하게 한다. 다만 세계적인 누구와 같은 영역에는 도달할 수가 없다. 누구나 열심히 공을 찬다고 모두가 박지성 같은 축구선수가 될 수는 없으니까. 그런데 자신과 판박이를 앞에 두고 '이런 사람이 되기 위해 노력하라'고 주문을 하는 사람이 과연 자신이 잘 하는 영역을 권하고 있는 것일까? 그렇다면 정말 다행이다. 그러나 내 짧지 않은 인생의 경험에 비추어 보면 많은 부모들이 자신의 재능과 자녀의 재능을 몰라본다. 그리고 그 재능을 하찮게 치부한다. 직업의 귀천을 따지는 기준이 붕괴되는 오늘날에는 그 정도가 심하지 않지만, 그래도 한편에서는 여전하다. 연예인 끼가 넘치는 자신의 유전자를 물려받은 자녀에게 자신도 못했던 '공부'를 강요하는 모습은 너무나 흔하다. 사회적 편견에 시달려온 기성세대로서는 당연한 생각이다. 자녀들을 생각하면 취직만도 걱정이고, 결혼시장에 내놓을 상품으로서도 걱정이다. 잔소리가 늘어갈 수밖에 없다.

학원 밀집가나 아파트촌에서는 부모가 더욱 극성이다.

"어떻게 엄마는 나보다 우리 학교 사정을 더 잘 알아?"

언젠가 큰딸 예은이가 놀라서 물었던 적이 있었다. 교육의 변방인 남양주시 외곽의 우리 집이 이런데, 강남과 일산, 분당은 어떨까? 공부에 관계된 온갖 정보가 수집되고 걸러지고 또 확산될 것이다. 이 정보화 시스템에서 소외되면 학부모들은 소외감에서 오는 극도의 불안감을 느낀다. 그럼으로써 더욱 공고해지는 이 정보화 시스템은 개인들을 집단화

한다. 개별적 특성들이 무시되고 이 사회가 강조하는 보편적인 가치들이 강제된다. 자녀들의 진로 방향이 '돈 잘 버는' 의사나 안정적인 대기업 사원으로 통일되는 따위이다.

자녀들은 '옆집 철수'가 어떻다는 얘기를 항시 듣는다. 이것이 감동적인 미담이 될 수 없는 것은 부모들의 말 속에 들어 있는 경생의식 때문이다. '옆집 철수가 모든 과목 내신 일등급이다'는 얘기는 '그런데 너는 뭐야?'는 말이고 '옆집 영희가 서울대 목표한대'는 '너는 왜 그리도 찌질하냐'는 말이다. 옆집 학부모가 갖는 우월적 기분에 반비례해서 열등감을 느껴야 하는 부모는 신경질적으로 자녀를 채근할 수밖에 없다. 타인에게 느끼는 열등의식이 냉소적인 태도를 통해 그대로 자녀에게 전가되는 줄은 모르는 척 한다.

중국요리 집에 주문 전화를 할 때에도 각자의 의사를 묻는다. '이 집은 매운 짬뽕을 잘 하니까 통일해!' 이런 부모라면 당연히 이상한 부모라는 소리 듣는다. 주문거리가 딱 하나, 매운 짬뽕만 있다면 모르겠다. 아이들은 당장 입이 나와 한마디씩 할 것이다. '난 짜장면 먹고 싶어.' '탕수육 시키면 군만두도 오는데.' 그리고 속으론 이렇게 말한다. '꼰대는 자기 좋아하는 것만 먹으래.' '꼰대가 매운 것 못 먹었다고, 어릴 때 짬뽕 못 먹었다면서.' 그런데 이 전화주문은 대번에 '이상하다'고 하는 사람들이 우리사회의 비슷한 양상에는 전혀 이상하다 느끼지 않는다. 자녀가 공부 좀 한다 싶으면 무조건 의사 아니면 변호사가 되라고 한다. 자녀가 무엇을 잘 하는지, 무엇이 되고 싶은지 물어보지 않는다. 물어봤다고 해도 자신의 마음에 들지 않으면 '안 돼!' 한마디로 자른다. 당장 하고 싶어하는 일을 말하는 자녀 앞에서 '대학 들어간 다음에 해도 늦지 않아' 윽박지른다. 공부에 방해된다고 이성교제에 찬물 끼얹는 일을 교묘히 꾸민다. 고민을 얘기할라 치면 '공부에 집중해! 누굴 닮아서 이리 산만한지……' 혀를 찬다.

자녀를 둘러싼 우리사회는 이런 사회다.

"내가 먹어보니까 매운 짬뽕이 제일이야. 너도 매운 짬뽕 먹어라, 국물까지 다!"

못 먹고 배를 주리든, 먹고 설사를 하든—그건 아무도 신경 쓰지 않는다. 그런 부모들이 스스럼없이 이렇게 말한다. '애들을 사랑하니까!'

한 끼의 먹을거리라면 그럭저럭 참고 넘어갈 만하다. 자녀들도 그 정도의 아량은 있다. 그러나 전화주문을 할 때마다 '매운 짬뽕!' 하면 자녀들은 전화기를 집어던지고 말 것이다. 야외로 놀러가자 하면 자녀들은 속으로 외칠 것이다.

'왜? 거긴 짬뽕 배달되는 덴가 보지?'

한 달에 한두 번 있는 일도 반복되면 이렇다. 하물며 얼굴을 맞대는 매일 그럼에랴.

　게다가 자녀들로서는 자신의 미래를 강요받는 일이다. 내 미래가 내 의사에 상관없이 결정되는 상황에 반발하지 않는 청소년은 정말 '문제청소년'이다. 그렇다면 우리사회는 '문제청소년'을 양산해내지 못해 안달하는 사회다. 두 날개를 꺾이고도 하늘을 날 수 있는 새는 없다. 우리 부모들은 자녀들을 바라보며 '자발적인 '의지'라는 두 날개를 꺾이고도 하늘을 날 수 있다고 생각하는 걸까.

　판매상이 마음대로 집어주는 복권과 스스로 번호를 선택하는 복권을 두고 구매자가 어떤 복권을 선택하는지 통계를 낸 심리학 실험은 유명하다. 번호를 선택할 수 있느냐 없느냐만이 다를 뿐, 복권 당첨에 영향을 미치는 그 어떤 것도 동일한 조건이다. 이 상황에서 구매자들은 번호를 선택할 수 있는 복권을 압도적으로 선호했다. 결과에 아무런 영향을 미치지 못함에도 구매자들은 자신의 의지가 손톱만큼이라도 개입되는 쪽을 선호한다는 결론이다. 이런 예는 운전자와 동승자의 관계에서도 잘 나타난다. 고속도로 주행 중에 내비게이션을 정밀 조작하는 운전자는 위험을 크게 느끼지 않는 반면, 동승자는 두려움을 느낀다. 반대로 이 동승자가 똑같은 조건에서 운전대를 잡고 내비게이션을 조작하면 사정이 정반대가 된다. 숙련도의 차이를 무시하면 사고 위험은 똑같다. 그럼에도 자신의 의지대로 무언가를 할 수 있을 때와 자신의 의지를 타인에게 떠넘기고 있을 때에는 심리적인 상태가 완전히 달라진다. 내가 어떤 선택과 조작을 할 수 있다고 모든 위험에서 자유로운 것이 아님에도 사람들은 자신의 의지에 의존하는 경향이 강하다.

나를 비롯하여 모든 부모들이 운전대를 잡고 있는 운전자라고 착각하고 있는 건 아닐까. 동승하는 자녀들의 위기감은 모른 채로 사고 위험조차 자신의 통제 아래 있다고 착각하는 것은 아닐까. 그리고 자녀들이 운전대를 잡는 것을 조마조마해서 참아내지 못하는 것은 또한 아닐까.

사람은 주변의 평가가 자신이 생각하는 자신의 가치보다 못하다고 느낄 때 열등감을 느낀다. '나는 인간관계도 좋고 일 처리도 빠릿한데 주변에서는 실없는 일에만 매달린다고 날 평가해' 따위의 예이다. 이 열등감이 계속해서 축적되면 자발적 의지에 기초한 적극성은 사라진다. 무기력증에 빠진 대부분의 사람들이 세상을 원망하는 데에만 열중하는 건 이런 이유에서다.

칭찬에 인색한 채로 다그치기만 하는 부모 아래서는 자녀들이 열등감만을 가질 수밖에 없다. 축구를 잘 하고 그림을 잘 그리고 노래를 잘 하면서 교우관계가 좋아도 부모가 '쓸 데 없는 거나 잘하고 쓸 데 있는 공부는 못한다'고 냉소하는데 열등감을 느끼지 않을 자녀는 없을 것이다.

한편, 삶의 불만은 현실의 욕구와 현실의 처지가 불일치하는 데서 온다. 짜장면을 먹고 싶은데 짬뽕밖에 먹을 수 없을 때 불만을 느낀다. 컴퓨터 게임하고 싶은데 학원가야 하는 처지에서 불만을 느낀다. 노래를 듣고 춤을 추고 싶은데 수학공부를 해야 한다면 불만을 느낀다. ‘나를 주체로 인정해줘요’ 하는 요구에 ‘어린놈이 뭘 알아?’ 하는 소리를 들을 때 불만을 느낀다. 이런 불만이 중첩되면 ‘돌아버리겠어’ 하는 탄식이 탄식에서 끝나지 않고 정말 ‘돌아버린다’.

이 현실의 욕구가 미래에의 지향과 맞물리면 현실 처지와의 불일치가 주는 영향은 훨씬 강렬해진다. 가수가 되고 싶어 노래와 춤을 연습하고 싶은데 가수가 되는 것하고는 아무 상관도 없는 수학공부를 해야 하는 처지라면 일상에서 느끼는 불만을 넘어 불만을 밖으로 터뜨리려는 충동에까지 이르게 된다. 그리고 미래에의 지향과 현실에서의 처지가 불일치하는 일이 반복되면 결국 사람은 좌절에 이른다. 현실 처지를 극복할 수 있다는 ‘희망’을 잃어버리기 때문이다. 좌절은 실패에서 오는 것이 아니라 희망을 잃었을 때 찾아온다. 어리고 젊은 청춘들이 덧없이 목숨을 끊는 비극도 이 좌절의 반복에서 온다.

‘철없게’ 느껴지는 자녀들을 방관하는 것이 능사가 아님은 분명하다. 그러나 어떻게 개입하느냐 하는 문제는 여전히 숙제로 남는다. 원론적으로는 자녀의 ‘요구’와 ‘처지’에 대한 이해를 기반으로 자녀가 스스로 평가하는 주관적인 ‘자기 가치’를 사회적 가치체계에 부합하도록 만들어주면

끝난다. 간단히 정의되는 명제일수록 어렵다더니, 역시나 그렇다!

　이십여 년 전에 세상사를 화제 삼을 때 존경하는 선배가 이런 말을 한 적이 있다.

　"벼는 제 스스로 자라는 거야. 농부는 벼가 잘 자라도록 도와줄 뿐이지. 모든 게 그런 거잖아. 애들도 마찬가지지."

　결혼도 하지 않은 나는 유치원 다니는 형님의 아들 자랑을 들으면서 참으로 부러워했었다. 나무랄 것 하나 없이 잘 크는 녀석이라 옆에서 지켜보기만 해도 그저 흐뭇했다. 내가 그런 정도니 형님의 마음은 오죽했을까. 형수님이 어린 우리 큰딸을 처음 보고 '우리 아들하고 인연을 맺어주자' 할 때 아버지의 직권 남용으로 냉큼 고개를 끄덕일 뻔했다.

　각설하고, 우리는 가끔 변화의 동력이 주체의 내부에 있다는 생각을 깜빡하곤 한다. 가족이 감기에 걸렸을 때는 특히 그렇다. 몸이 저항력을 키워 바이러스를 이겨낸다는 생각을 잊고 의사가 처방한 약에 의존하려 한다. 환부에 직접적인 처치를 하는 서양의학이 널리 보급된 결과이다. 항생제를 투여해 세균을 죽이는 경험이 일반화함에 따라 건강한 신체에는 세균이 침투해도 살아남을 수 없다는 사실을 잊어버리는 따위의 예를 들 수 있다. 더불어 과학기술의 발달은 일상생활에서 주요한 변화의 동력이 외부에 있다는 생각을 심어준다. 더우면 에어컨을 틀고 추우면 난방을 하면 그만이다. 이런 모든 환경들로 인하여 변화가 마치 외부의 작용에 의해 만들어지는 것처럼 여겨진다. 위의 예들은 몸의 조화를 꾀해 병을 치유하는 한의학이나 이열치열처럼 외부환경의 변화 대신 사람의 몸을 외부조건을 극복할 수 있게 만드는 동양적 사고와는 사뭇 다르다. 삼복더위에 몸의 내부를 덥혀주는 삼계탕을 보온이 잘 되는 뚝배기에 담아 땀을 뻘뻘 흘리고 먹으면서 '시원하다'고 탄성을 내뱉는 상황은 어쩌면 비합리적으로 보일 수 있다. 그러나 아이스크림이라는 외부의 힘을 빌려 더위를 식히는 것은 일시적임을 잘 안다. 아이스크림의 찬 기운을 빌면 몸의 조화가 깨져 설사를 쏟을 수도 있다.

무정란은 아무리 적당한 온도로 품어주어도 새끼가 부화하지 않는다. 그리고 스스로 껍질을 깨고 나오지 않는 새 새끼는 아무리 노련한 사육사가 돌본다 해도 생존할 수 없다. 비록 껍질을 깨고 나왔더라도 두 날개를 펼쳐 날려고 하지 않는 새는 역시 마찬가지이다. 이런 생각을 하며 계란을 사다 보면 무정란을 두고 유정란을 집어들 때 미묘한 감정이 생긴다. 조용한 저 내부에서 어떤 치열한 움직임이 일어나고 있을까 하는 생각에서 오는 감상이다.

우리 딸들을 떠올리며 나는 그 힘찬 생명력에 감사한다. 세상에 태어날 때 삶을 향하여 엄마의 고통 그 몇 배의 고통을 이기고 자궁을 헤쳐 나온 딸들 ― 한 모금의 첫 숨을 내쉬기 위해 죽을힘을 다하고, 젖을 빨기 위해 안간힘을 썼던 그 고통과 노력에 경의를 표한다.

내가 우리 딸들의 문제에 나서고 싶어질 때마다 떠올리는 단어가 있다. '아프락시스(Apraxis)'. 새로운 세계를 건설하기 위해서는 파괴의 고통이 따른다는 말이다. 헤르만 헤세의 유명한 소설 『데미안』에 이런 구절이 있다.

새는 알을 깨고 나오려 투쟁한다. 알은 곧 새의 세계다. 태어나려 는 자는 한 세계를 파괴해야만 한다. 새는 신(神)에게로 날아간다. 그 신의 이름은 아프락시스다

새롭게 변화하는 것은 아이들이다. 변화의 고통을 감내하는 것도 아이들이다. 그 고통은 부모가 느끼는 고통의 몇 배다.

그리고 우리 딸들은 오늘도 삶을 위한 변화의 과정에 있다. 그런 우리 딸들에게 내가 나서서 '알 껍질'을 깨줌으로써 '새로운 세계 아프락시스'를 만나지 못하게 할 수는 없다. 나는 사육사가 아닌 좋은 아버지가 되고 싶다.

이 다짐 덕분인가, 생텍쥐페리의 명언 앞에 숙연해진다.

진정 배를 만들고 싶다면, 사람들을 불러 모아 목재를 가져오게
하고 일을 하나하나 지시하면서 일감을 나눠주는 식으로 하지 말라.
그 대신 그들에게 저 넓고 끝없는 바다에 대한 동경심을 키워주어라

기다리는 마음

　식구들과 함께 외출을 할 때면 구두를 신고 현관에서 홀로 우두커니 서 있는 나를 발견한다. 문득, '우리 집엔 여자가 셋! 나만 남자다!' 퍼뜩 깨닫는다. 아들만 있는 집에서는 남편과 아내의 이 외출 갈등을 느끼고 있겠지만, 남자 혼자인 나는 갈등도 못 되는 상황 속에서 망부석이 된다. 아이들의 감탄도 뒤따른다.

　"제일 늦게 시작해서 또 벌써 끝!"

　현관에 우두커니 서 있기만 해도 독촉으로 여겨진단다. 여기서 한마디라도 할 양이면 뾰족한 한목소리에 포위되어 버린다. 아들 없는 아빠의 설움이다.

　늦는 이유도 제각각이다. 맏딸 예은이는 머리손질에 자꾸만 시간을 늘린다. 아름다움이 머리에서 나오는 줄 아는 게 분명하다. 중학생이 된 이후로 동네 구멍가게 갈 때도 머리만큼은 손질한다. 작은딸 예영이는 가방 챙기느라 부산을 떤다. 게임기 본체에 메모리 칩, 충전기 그리고 MP3 플레이어와 이동전화 배터리, 빗과 거울 따위이다. 유일하게 간간히 챙기는 책은 아기 손바닥만한 유머집이다. 마지막으로 집사람은……, 화장을 하는 것도 아닌데 무조건 늦는다.

　가끔 상황이 역전되어 내가 늦는 경우에는 역시나 한목소리가 나를 포위한다. 그리고 나는 매번 늦는 사람이 되어 있다. 그러니 어쩌겠는가, 내가 먼저 준비를 끝내고 현관 아닌 내 방에서 망부석이 될밖에.

기다림은 고통이다. 간절한 바람이 없으면 가질 수 없는 것이 기다림이고, 간절한 만큼 속을 태워야 하는 것이 기다림이다. 바람이 없다면 포기하면 그만이다.

연애를 하면서 기다려보지 않은 사람이 어디 있을까. 처음엔 사정이 있으니 조금 늦겠지 한다. 조금 시간이 지나면 무슨 일이 생긴 건 아닌지 걱정까지 하게 된다. 그리고 삼십 분이 넘어가면 '일찍 준비하면 어디가 덧나나' 주절거리는 속말로 일어나는 화를 잠재운다. '십 분만 더 지나봐라, 난 간다!' 하는데 이십 분이 지나도 발걸음이 떨어지지 않는다. 온갖 속말을 동원해도 화가 가라앉지 않는다. 그러다가 마침내 한 시간이 지나면 언제 왜 그랬냐는 듯이 화가 쏙 기어들어간다. 그리고 속으로 외친다. '오기만 해라, 제발!'

'오기만 해라, 제발!' 이동전화가 없던 시절에 연애하던 이들의 공통된 외침이다. 문명의 발달 덕에 이 기다림의 고통이 확 줄었다. '늦어. 차가 막혀.' 문자 하나로 만나기 전에 모든 변명을 끝낼 수 있다. 기다리는 사람은 안 올지도 모른다는 불안감에 초조해하지 않아도 된다. 친절한 연인이라면 전화를 걸어 상황 실황중계를 한다. 심지어 심한 연인은 늦는 시간 내내 만나는 애인과 통화를 하기도 한다. 아, 나도 이동전화가 있었다면 첫사랑에 실패하지 않았을 것이다!

휴대기기의 등장으로 기다리는 시간마저 고통 아닌 유희가 되었다.

이동전화, 노트북 및 노트패드, MP3 플레이어……, 인터넷 서핑에 전자책 읽기는 물론이고, DMB로 TV를 보고 동영상도 감상하며 게임을 하고 노래도 듣는다. 우리 젊은 시절에는 공상과학 영화에서나 보던 모습이다. 억울하지만 이렇게 위안한다. '청소년들여 그대들은 아는가, 한 시간 기다림의 고통 끝에 느끼는 그 짜릿한 감흥을!' 우리 젊을 때 이런 기기가 있었다면 지금 기억하는 내 첫사랑의 아릿함은 흔적도 없을 것이다.

만남을 앞에 둔 기다림의 고통은 대부분 사라졌다. 그러나 기다림은 만남에만 있지 않다. 어느덧 우리 부모들도 기다림의 고통을 잊고 조급함에 물들어 있는 건 아닌지 모르겠다. 연애편지가 도달하기까지 걸리던 이틀 남짓의 시간을 어찌 잊겠는가마는, 편의기기에 길들여진 우리의 습성은 이동전화 문자의 신속함이 당연하다고 여기게 만든다.

기다림 중에 가장 고통스런 기다림은 '묵비권'이다. 같이 생활하지 않는 한, 상대가 말을 해야 상대가 처한 상황을 알 수 있다. 표정과 말투, 그리고 행동에서 뭔가 이상한 기미가 발견되어도 그 주인공이 침묵하면 도대체 알 수가 없다. '왜 그래?' 하면 '그냥' 하고 남의 애기하듯 대꾸하거나 못 들은 체 해버리면 물어본 사람이 당황하기 마련이다. 두 번 묻기도 뭐하다. 같이 침묵에 빠진다. 그러면서 열심히 상대의 눈치를 살핀다. 그리고 그 상대가 자녀라면, 세상에서 가장 사랑하는 대상이기 때문에 필연적으로 고통이 뒤따른다. '마음고생이 큰 거 아냐?' 하는 걱정 때문에라도 궁금증이 확 인다. 자녀의 일에 도움을 주기 위해서는 이미 부차적이다. 궁금증을 해결하기 위해서라도 필사적으로 자녀의 눈치를 본다. 쉽게 입을 열게 만들 방도를 찾는 것이다. 이마저도 여의치 않으면 걱정과 호기심이 뒤섞인 채로 끝없이 한숨을 내쉬며 자녀의 주위를 맴돌아야 한다.

이와 같은 경우에 정말 대책 없다고 포기하면 지는 거다. 부모의 권위는 이미 땅에 떨어졌으니 부모의 권위를 빌어 '내가 지금 뭐하는 거냐'고 자책할 필요도 없다. 그저 조용히 딸을 향한 노래 한 곡 듣자.

알고 싶어요

양인자 작사 / 김희갑 작곡

이선희 노래

달 밝은 밤에 그대는 누구를 생각하세요

잠이 들면 그대는 무슨 꿈 꾸시나요

깊은 밤에 홀로 깨어 눈물 흘린 적 없나요

때로는 일기장에 내 애기도 쓰시나요

나를 만나 행복했나요

나의 사랑을 믿나요

그대 생각하다 보면 모든 게 궁금해요

하루 중에서 내 생각 얼만큼 많이 하나요

내가 정말 그대의 마음에 드시나요

참새처럼 떠들어도 여전히 귀여운가요

바쁠 때 전화해도 내 목소리 반갑나요

내가 많이 어여쁜가요

진정 나를 사랑하나요

난 정말 알고 싶어요 얘기를 해주세요

'그대'를 '자녀 이름'으로 바꾸고 들어보자. 심란한 마음이 한순간 아릿함으로 뒤바뀐다. 물론 이 노래를 들을 때는 구석에 홀로 앉아 궁상을 떨고 있을 터이니 그저 노래에 몰두하면 된다.

두어 번 반복해서 듣다 보면 갑자기 '그대'가 '아빠'나 '엄마'로 돌변할 것이다. 자녀의 노래다. 그럼 아릿함이 차고 넘쳐 뚝뚝 떨어진다. 수세미를 쥐어짜면 떨어지는 물줄기보다 더 굵다. 그리고 '나를 만나 행복했나요, 나의 사랑을 믿나요, 내가 많이 어여쁜가요, 진정 나를 사랑하나요' 하는 화두를 쥐고 있는 자신을 발견한다. 항상 쉽게 '그렇다'고 답을 내던 그 쉬운 정답이 너무 어려워진다.

나는 그렇게 노래를 들으며 기다린다. 휴대기기의 장점을 이용해 내 마음의 한구석을 후벼 판다. 그 고통 속에서 나는 우리 딸들에 대한 사랑을 키워간다.

부모와 자녀의 싸움은 이 기다림을 참지 못하는 부모로부터 비롯된다. 어서 말하라고 윽박지르고 손을 들어 올리는 순간, 자녀는 마음을 닫아 잠글 것이다. 이미 감정적이 된 부모는 부모와 어른이 어떤 존재인지 생각할 겨를도 없이 한 마리의 짐승이 된다. 자녀는 선택해야 한다. 맹수에 맞서 싸우는 맹수가 되어야 하는가, 아니면 육식동물 앞에 발발 떠는 초식동물이 되어야 하는가. 그 결과로 어떤 선택을 하든, 자녀는 자신에게 부모가 어떤 의미인지 잊는다. 그 자녀의 앞에는 이제 자신과 싸우는 한 명의 기성인이 있을 뿐이다.

9

사랑은 여유 속에 있다

요즘 '성질 급한 한국 사람들'이란 텔레비전 광고 시리즈가 참 웃긴다. 컵라면에 물 붓고 잠시 뒤적여 보더니 불지도 않은 라면을 씹는다. 복사기 앞에서는 미처 나오지 않은 용지를 잡아당겨 잼을 만든다. 상사가 부하 직원에게 '천천히 해' 하고 서류를 내미는데 부하 직원이 자리에 앉자마자 달려와서 '다 했어? 왜?' 한다. 사탕 물고 키스하는 게임에서 입에 사탕 물자마자 깨물어 먹는다……

우리의 '빨리빨리'는 이미 세계적으로 정평이 나 있단다. 동남아 한국 공장에서 외국 노동자들이 처음 배우는 말이 욕과 '빨리빨리'라고 하니, '빨리빨리'가 세계 공통어가 될 날도 머지않았다! 이대로라면 코리언 대신 '빨리빨리'로 불릴 날도 곧 올 듯한 기세다.

'돌 떨어지유' 하는 새에 이미 돌이 떨어져 내렸다는 충청도 말투를 흉내 낸 농담도 자취를 감췄다. 거리에서 종종걸음 치지 않는 사람은 스마트폰 보는 이들뿐이다. 피자와 치킨 배달 오토바이는 가스통 배달 오토바이의 뒤를 이어 인명을 앗아가는 난폭자가 되었다. 술을 즐기기 위한 음주에서 빨리 취하는 음주로 변하며 폭탄주가 유행이다. 패스트푸드(fast food)가 온 거리를 점령한다 해도 전혀 이상하지 않겠다. 강의 습지를 콘크리트로 곧게 메워 강의 물살마저도 사람 따라 빨라졌단다. '빨리빨리'가 통하는 않는 곳은 시름이 깊은 곳뿐이다. 운전자를 지치게 만드는 교통체증, 중소상인들을 몰락시키는 거대 기업형 슈퍼마켓의 계산

대, 직장인의 시간을 잡아먹는 점심시간 식당의 배식구, 우리 딸들의 머리를 쥐가 나게 만드는 시험 시간, 남은 짬밥 개수 세게 만드는 보병 사단 내무반……

전화 문자의 유행으로 장문의 편지는 사라진 지 오래다. 페이스북이나 트위터의 단문에 익숙해져 이젠 긴 문장은 설 자리를 잃어간다. 장편소설을 쓰는 나는 그래서 걱정이다. 이러다가 장편은 말할 것도 없고, 단편보다도 짧은 콩트만이 소설 장르에서 살아남는 건 아닐까? '이번에 장편소설 냈어요' 하면 '혹시 화성에서 오셨수?' 하는 소릴 들어야 하는 건 아니겠지, 설마.

우리 민족이 원래 이리 '빨리빨리'였냐 하면 절대 아니다. 내 어린 시절만 돌아봐도 그렇다. 사람들의 일상은 소달구지의 속도만큼이나 느렸고 소의 '음메' 하는 울음만큼이나 한가로웠다. 농번기가 지난 서울 근교, 초로의 구보 씨 하루를 보자(필자 주 : '소설가 구보 씨의 일일'이라는 단편소설과는 전혀 무관하게, 내가 상상으로 꾸민 얘기다).

"먼동이 터오기 무섭게 구보 씨는 잠자리에서 일어난다. 무슨 일로 일찍 일어나는지는 알 수 없다. 다만 전기가 들어오지 않아 해가 떨어지면 잠자리에 들었기 때문에 그 시간의 기침은 부지런한 좋은 습성 때문이 아니라는 것만은 확실하다. '오늘은 뭔 일이 있던가……' 속생각조차 늘어진다. 아무리 머리를 굴려봐도 딱히 떠오르는 게 없다. 아쉬움 때문에 세수하는 시간도 길어진다. 그러고 나면 뒷짐을 지고 휘적휘적 대문을 나서고, 곧 동네 우물에서 물을 긷는 이웃집 아낙을 만난다. 어제 해 떨어질 때까지 얼굴 마주보다시피 했던 사이인데도 '아직 식전이지요?' 하며 온갖 인사말을 다 주고받는다. 언제 식용으로 쓰일지 모르는 큼지막한 개는 아낙의 옆에서 발발거림 없이 부채 흔들 듯 꼬리를 살래살래 젓는다. 아낙의 물동이를 머리에 이어주고 나면 왔던 그대로 뒷짐을 지고 마을길을 걷는다. 아낙을 앞질러 뛰어가는 개를 돌아보며 몇 걸음 걸으면 역시나 주위를 두리번거리며 휘적휘적 양손을 젓고 걷는 젊은이를 만난다. 동년배가 아니라도 얼씨구나 반갑기만 하다. 구보 씨는 젊은이의 공손한 인사를 받고 어제 아침에도 건넸던 그 진부한 안부를 묻는다. 젊은이가 '어제 저녁에 복실이가 새끼를 다섯 마리 낳았구먼요' 하면 그 별것도 아닌 일에 정색을 하고 채신머리없이 '재 너머 강씨네 검둥이 아녀? 아님 조 서방네 누렁인가? 아니지, 자네 개가 누렁이라고 했나?' 하고 강아지 애비까지 이리저리 찔러본다. 동네 개를 한 번씩 입에 올려도 몇 마리 되지도 않는다. 식전이라 남의 집 방문도 예가 아니다 생각하여 젊은이의 꾸벅 절을 받고 아쉽게 발길을 돌린다. 안사람이 부엌을 들락거린다. 구보 씨는 싸리비를 집어 들고 마당을 쓸어보지만 늘 느끼듯 마당이 좁기만 하다. 비를 내려놓고서 놔두어도 그만인 마당가의 잡초를

뽑는다. 어제도 그제도 뽑았던 터라 파릇한 색깔이 보이질 않는다. 입맛을 다시고 손을 털며 부엌을 보는데 밥은 멀었다. 마당에 짚을 실어내 놓고 새끼를 꼰다. 입에서 흥얼흥얼 흘러나오는 노랫가락은 요즘 발라드보다도 늘어진다. 그 늘어진 노랫가락을 손길이 따라간다. 밖에서 인기척이 들린다. 반갑다. 꼬던 새끼를 내던진다. '뉘여?' 들리는 대답이 요상하다. '아버지!' 딸내미의 얼굴이 드러난다. 구보 씨는 긴장하는 낯빛으로 딸을 바라본다. 딸내미의 말이 평상시보다 빨랐다. 걸음을 살핀다. 발걸음이 재다. '일 났구면. 바람이 난 겨.' 벌떡 자리에서 일어난다. 후다닥 바삐 아버지 옆을 지나려는 딸내미를 잡아챈다. '뉘여?' 구보 씨의 머리에 길에서 만난 젊은이의 얼굴이 떠오른다. 영 마땅찮다. 딸내미는 빨개진 얼굴로 고개를 숙인다. 구보 씨는 툇마루에 딸을 앉혀놓고 심문을 시작한다. 굳이 물을 것도 없이 그놈이건만, 딸내미를 닦달하는 이유는 아직도 밥이 멀었기 때문이다."

농사는 생산주기가 일 년이다. 당장 먹을 무언가를 만들어내려면 농사 못 짓는다. 작물이 크기를 기나려야 하고 收확한 후에는 따뜻해지기를 기다려야 하며 파종하기 전에 퇴비를 뿌려 땅을 거름지게 해야 한다. 시간적으로 아주 긴 호흡이다. 주산업이 호흡이 길면 생활도 호흡이 길어진다. 추워지기 훨씬 전부터 장작을 땔감으로 준비하는데 그래서 장작 팰 때도 서두름이 없다. 오늘 땔 장작을 해 떨어지기 전에 패야 하는 조급함을 아예 모른다. 이엉을 엮어 지붕을 갈더라도 하루에 끝낼 모든 준비를 사전에 끝낸다. 하루에 끝내지 못할 일이라면 더욱 서둘 이유가 없다. 어차피 자연에 따라 일 년의 호흡이 함께 하기 때문이다.

서울도 그랬다. 거리를 지나는 상인의 '찹쌀 떡, 메밀 묵' 타령을 떠올려보라. '골라 골라' 하고는 박자부터가 다르다. 전철의 속도라야 어린 아이의 뜀박질로도 따라잡았다. 빠르면 일난 것이었다. '불이야', '도둑이야'는 외침은 빨랐고 환자를 들쳐 업고 뛰는 발걸음만 쟀다. 화롯불에 감자를 구울 때도 요즘 아이들처럼 화롯불에 코 박고 젓가락으로 찔러보는 짓 대신에 진득이 잊은 듯 묻어두었다.

돌을 데워 난방하는 온돌, 보온성이 뛰어난 질그릇 등, 금방 효과를 내는 것 대신 늦게 데워지고 더디게 식는 도구들이 대부분이다. 성질 급한 사람은 제풀에 제가 꼬꾸라지는 생활문화다. 그래서 그런 이들을 조롱하는 '우물가에서 숭늉 찾는다'나 '김칫국부터 마신다'는 속담이 널리 쓰인다.

사정이 이러니, 강아지 낳은 일도 정색을 하고 강아지 애비를 찾아 동네 수컷 개 하나하나 떠올려볼 수밖에. 작은 얘깃거리가 온 동네를 떠들썩하게 만드는 것, 그것이 소통이고 정이 아니던가. 삶의 공동체는 지극한 여유 속에서 지켜졌다.

산업화는 온돌만 보일러로 바꾸어 놓은 것이 아니다. 초기 산업화를 이끌었던 경공업은 생산주기가 짧아 생산과정의 호흡이 매우 짧다. 고정생산비의 대부분을 차지하는 인건비를 줄이기 위하여 노동의 효율성을 극대화하기 위한 공학이 발달하고 이는 곧 노동의 속도 경쟁으로 이어졌다. 생활의 대부분이 일을 중심으로 재편되어 휴식조차도 노동의 연장이 되었으며 따라서 호흡 짧아진 노동 덕분에 식사시간이나 여가시간에서도 시간에 쫓겼다. 당연히 모든 생활문화는 속도전을 따르게 되었다. 특별한 음식 만들 때를 제외하고, 대부분의 음식 조리 시에 열전도율이 높은 금속제품, 그것도 삼중바닥이 아니면 도태되게 마련이었다.

산업화가 진행되면서 컨베이어 시스템은 일률적인 노동의 속도를 강요한다. 물류비를 최소화하기 위하여 고속철도와 고속도로가 건설된다. 정보화는 누가 더 빨리 유용한 정보를 얻어내는가의 싸움터가 된다. 이 산업화의 고도화는 사람을 시간과 전쟁하는 전사로 만든다. 컨베이어 벨트의 속도, 도로의 규정 속도, 정보 획득의 주기 등등, 모든 영역에서 사람은 시간의 노예가 된다. 임무의 필요 때문에 영이희원이라도 다니려 하면 그의 하루는 규정 속도를 지켜 운전할 수 없고 느긋이 걸어 전철역으로 걸어갈 수 없으며 커피 맛을 음미하고 서류를 검토할 수 없다.

이 모든 것을 부추기는 것이 경쟁 시스템이다. 생산성 향상을 위한 노력은 최소한 도태되지 않으려는 몸부림이다. 경쟁 시스템이 지배하는

사회에서 여유는 곧 도태를 의미한다. 다른 이보다 한 발 앞서가기 위해
서는 다른 이가 걸을 때 뛰어야 하고 다른 이가 뛸 때 날아야 한다. 내가
그런데 다른 이는 안 그럴까……. 몸이 바쁘면 마음도 바쁘다. 조급증이
늘 마음을 지배하고 있다.

원효대사가 현대를 사는 일반인에게 '일체유심조(一體唯心造)' 하
며 석가의 깨달음을 설파하기에 조금 미안하지 않을까 싶다. '마음먹기
나름'이니, 여유를 가지라고? 잠시 '일체유심조'의 뜻을 되새기고 있는
그 순간에도 '당신을 사랑합니다' 하는 옆 동료는 나를 짓밟고 서려 소셜
네트워크에서 인맥을 쌓고 있다!

이 경쟁사회에서 '당신 자녀를 사랑하고 있습니까?' 하는 물음까지
도 사치스러울 수 있다. 그래서 남편들은 당당히 이렇게 말한다. '그래서
내가 돈을 벌잖아. 애들 키우는 건 당신 몫이야.' 맞벌이 부부의 남편도
똑같이 말하면서 한마디 더 한다. '애는 엄마가 키우는 거야.' 부인들은
뭔가 억울하지만 돈 벌어 온다는데 딱히 할 말이 없다. 짜증이 나는데 아
이들 하는 모습 중에서 꼭 남편 닮은 것들만 눈에 들어온다. 말이 거칠어
진다. 자녀를 야단치는지 남편한테 쏘아붙이는지 모를 말을 외친다.

우리나라 엄마들도 입시 경쟁에서 경쟁력을 갖기 위해 엄청 바쁘다.
사방으로 귀를 열어놔야 한다. '어느 학원에 어느 선생님이 잘 가르친데',

'기하와 벡터는 이렇게 공부해야 한다네', '영어 원서 중에 이게 제일이야', '저 학원에 이번 모의고사 전국 일등이 다닌데'……. 전화요금 고지서 남편이 보면 한바탕 할 것이므로 실수 없이 처리하는 기민함도 필수다. 또 아이들 시간표와 시계가 되어야 한다. 알람에 맞춰 일어나 아침 차리고 귀가 시간 맞춰 잔소리를 준비한다. 학교에서 학원으로, 학원에서 집으로 실어 나르는 아이 전용 기사가 된 엄마도 많다. 간혹 드라마 시간 잊은 건 땅을 치고 후회하며 재방송 시간을 기억해야 한다. 또한 눈을 사정없이 굴려야 한다. 인터넷과 신문 잡지의 정보란을 뒤져 정보를 얻어내려면 안약이라도 사다 놓아야 할 판이다. 그뿐만이 아니다. 필요하면 다리품을 팔아야 한다. 학교로 학원으로, 그리고 학부모 모임에 빠질 수 없다. 그러고 보니 주부가 그냥 주부가 아니다. 입시전문가에 승용차 기사, 가사노동자, 게다가 학부모 모임까지 하는 사회활동가가 바로 주부다. '내가 지금 하는 양으로 고등학교 때 공부했더라면 하버드도 갔다' 하는 주부들의 한탄이 이해된다.

그런데 가만히 들이 보면 남편이나 아내나 '사랑하는 아이들을 위하여' 열심히 산다고 말한다. 과연 그런가는 서로 묻지 않기로 암묵적으로 약속되어 있다. 자기 스스로 자녀를 핑계대고 있음을 알기 때문이다. 나만 해도 그렇다. 가난한 소설가로 살아가는 삶이 내 딸들을 위한 일일까? 내가 하루하루 창작을 위하여 고민하는 것이 우리 딸들을 위한 것일까? 그랬으면 얼마나 좋을까마는, 나는 자신 있게 '그렇다' 할 수 없다.

무엇이 목적이고 무엇이 과정인지 헷갈리는 이 소외된 바쁨은 궁극적으로 자신을 지치게 만든다. 사실 사심(私心)이 나쁜 건 아니다. 다만 일정한 명분과 결합되어야만 그 사심이 정당성을 인정받는다. '돈을 벌고 싶다'는 사심이 결과적으로 나라의 살림을 풍족하게 만들 것이므로 그 사심이 옳은 것이다. 반대로 '돈을 벌고 싶다'는 사심이 다른 이들의 고혈을 빨아 이루어지는 것이라면 그건 악이다. 사심이 명분에 결합되어야만 정당하다는 이 명제는 가족관계에도 그대로 적용된다. 돈을 벌고자 하고 아이들 입시에 적극적이고자 하는 사심이 '가족을 위하여'라는 명분과 일치해야 정당한 것이 된다. 그리고 대부분의 부모들은 '당연히!' 자신의 욕심이 가족의 행복과 결합되어 있다고 믿는다. 그런데 참 이상하다. 아이들의 불만은 부모의 확신 이상으로 크기만 하다.

경쟁사회에서 여유를 가지라는 충고는 교만의 소치다. 그 누구도 쉽게 여유를 갖지 못한다. 그렇기 때문에 '여유 여유' 하는 외침이 여기저기서 들리는 것이다. 여유를 가지면 좋은 줄 다 알고 그리고 여유를 즐기고 싶어한다. 하기 싫어하는 것과 할 수 없는 건 격이 다르다.

그래도 설거지를 하면서 또는 엘리베이터 안에서, 가끔은 자신과 주변을 관조해볼 수는 있다. 다른 이들의 삶과 우리 사회의 모습을 바라보고 다시금 자신의 내면으로 눈을 돌려보자. 바쁘게 살다가 어느 한순간 홀로 남겨졌을 때 마음 한 구석 허전해지고 아릿해졌던 그 감상의 원인들이 보인다. 원인을 알면 작은 노력으로 마음의 구멍을 메울 수 있다.

잠시 도연명(陶淵明)의 한시 한편을 감상하고 가자.

음주(飮酒) 5수(首)

사람 사는 데 초막을 지어도

날 찾는 부산함이 전혀 없다네

어찌 그리 살 수 있는지 묻는가?

멀어진 마음 따라 사는 곳도 절로 외지겠지.

동녘 울밑에서 국화를 꺾어 들면

먼 남산이 문득 눈에 다가들고

석양에 비낀 산은 참으로 아름다운데

뭇 새들도 한껏 어우러져 둥지를 찾는다네

이런 여유로움이 진정한 삶의 의미라고,

말해주려다 그만 두었다네

結廬在人境　而無車馬喧

問君何能爾　心遠地自偏

採菊東籬下　悠然見南山

山氣日夕佳　飛鳥相與還

此中有眞意　欲辨已忘言

　　주변 세계의 관조를 통하여 자신의 내면을 성찰하는 치밀한 여유가 보인다. 바쁘면 볼 수 없는 것들이다. '주마간산(走馬看山)'의 삶이란 산을 보러 가서 꼭대기 오르느라 어떻게 오르는지도 모르는 삶이다. 잠시라도 '말 등'에서 내려서면 보이는 게 달라진다. 그리고 보이는 것이 달라지면 주위의 모든 관계가 달라진다.

　　며칠 전에 한창 작업 중일 때, 우리 작은딸이 '아빠' 하고 등장했다. 중학교 진학을 앞두고 걱정 반 기대 반인 딸은 '이 중학교는 어떻고 저 중학교는 어떤데, 1지망부터 4지망까지 어떻게 쓸까' 한창 고민이다. 고민이 많으면 말이 길어지는데 나는 구상한 내용을 잊기 전에 자판 두드리느라 여념이 없었다. 딸의 말이 길어짐에 따라 슬슬 짜증이 일었다. 듣는 둥 마는 둥 하는 중에 퍼뜩 '내가 왜 이 글을 쓸까' 하는 의문이 떠올랐다. 자판 두드리던 손을 멈추고 딸아이를 멀뚱히 쳐다봤다. 아빠라고, 그 옆에 붙어서 고민을 털어놓는 모습이 애처로웠다. 듣는 둥 마는 둥 했던 짓에 미안했다. 내 시선이 자기의 얼굴에 머물자 예영이는 더 신이 나서 얘기했다. 그래서 더 미안했다. 정말 미안했다.

"어느 중학교 급식이 맛있대?"

먹는 걸 좋아하는 예영이는 벌써 그 조사까지 마쳤다. 'oo중학교하고 xx중학교!' 역시나 1지망 2지망 하고 싶다는 학교다. 나도 모르게 웃음이 나왔다. 그러자 거짓말처럼 예영이와의 대화가 재미있었다.

얘기를 마치고 신나서 뽀르르 공부방으로 돌아가는 예영이의 뒷모습을 보면서 나는 자판 두드리기에 바빠 잊고 있던 이 글 전체의 제목을 떠올렸다. '딸과 함께 철들다'! 주위 분들이 정해준 이 제목 속에서, 나를 바라보는 주위 분들의 혜안에 감탄했다. '넌 철들려면 멀었어!' 그런 호통을 들어도 쌌다.

아이들의 얼굴을 똑바로 바라보는 건 바빠도 할 수 있다. 그렇게 아이들 얼굴을 바라보고 있으면 내 멋대로 선심 쓴다고 아이들이 원하지도 않는 '영화나 한편 볼까'나 '공 차자'는 말은 하지 않을 것이다. 그 사랑스런 얼굴 앞에서는 자신 스스로 건성건성할 자신이 없어질 것이다. 만약 아이들의 얼굴을 마주하고도 바쁨에 지친 짜증이 일어난다면 다시금 '내가 이 아이들을 사랑하는가, 나는 이 아이들을 위하여 최선을 다하는가', 원초적인 질문을 던져볼 일이다. 그럴 여유가 없어 생각할 여지도 없다고 느낀다면, 그땐 정말 대책 없다.

　　언어는 사고력과 밀접한 관계가 있다. 짧은 글에 익숙하면 생각도 짧아진다. 생각 없이 급히 날리는 이동전화 문자에 젖어들면 생각은 피상적이고 표피적으로 될 수밖에 없다. 우리를 짓누르는 언어생활이 이런데 여유마저 없다면 생각이란 것 자체가 증발한다. 그래서 학교 선생님들 걱정이 크다. '애들이 도대체 생각을 안 해요. 생각이란 자체를 몰라요.' 어디 애들뿐이랴. 조만간 매스컴에서 이렇게 떠들 것이다. '사람들이 도대체 생각이란 자체를 몰라요!'

　　생각은 여유에서 나온다. 이 생각은 삶의 관계들을 재조망하게 만든다. '나는 우리 애들을 사랑하는가?'라는 자문이 무섭다면 '나는 우리 애들을 사랑하고 싶은가' 하고 묻자. 그리고 자녀의 얼굴을 마주해보자. 그렇게도 짜증스러웠던, 바쁜 일을 뒤로 미루는 것이 이젠 즐거움이 된다. 그렇게 마음의 여유를 얻었다면 바쁘게 일에 매달리려는 동력은 더 이상 사심(私心)이 아니다.

19

때려서
고철 수
있다면야……

예로부터 자식만큼은 어쩔 수 없다는 말을 해왔다. 자식에게 만족하는 부모가 거의 없다고 해석해도 좋겠고, 세상 모든 건 바꿀 수 있어도 자식만큼은 내 맘대로 바꿀 수 없다고 해석해도 되겠다. 물론 이런 시각은 철저하게 부모의 시각이다. 자식들은 '부모만큼은 어쩔 수 없다니까' 하고 한술 더 뜨고 있잖은가.

상대를 바라보는 부모와 자녀의 관계에서 억울한 쪽은 오히려 자녀들이다. 그럴 수밖에 없는 유전자와 환경을 준 부모가 자신을 보고 못마땅하다며 혀를 찬다. 항변도 먹히질 않는다. 아무리 좋은 쪽으로 생각해봐도 부모가 싫어하는 자신의 모습은 대부분 부모가 만들어낸 것들이다. 반면에 마음에 들지 않는 부모의 모든 것에 자신은 손톱만큼도 기여하지 못했다. '아빠 엄마, 이렇게 해주세요' 하고 말하고 싶어도 '달라질 것도 없을 텐데 뭐' 하고 지레 포기한다. 정말 억울할 만도 하다.

성장함에 따라 자녀들이 사회를 경험해가면 이젠 그 억울함이 부모에서 그치지 않는다. 부모의 문제가 선생님들과 피시방 주인아저씨한테서 복사한 듯 드러난다. 관심도 없지만 어쩌다 접하는 뉴스에는 자기 또래들이 보이는 모습보다 훨씬 추악한 모습들이 가득하다. 그런데도 방학 때 머리에 물 좀 들였다고 이상한 눈초리로 바라보는 어른들 투성이다. '꼴이 그게 뭐냐'며 혀를 차고 있음이 분명하다.

아이들은 부모와 어른들의 공세에 생존을 위한 방어의 필요성을 느

낀다. 상대를 변화시킬 수 없으므로 내가 변하자? 절대로 아니다. 내가
변해야 한다는 생각은 항복이며, 참을 수 없는 굴욕이다. 안 그래도 억
울한데……. 아이들은 결심한다. '딴 세상에서 살면 그만이다!' 아이들
은 어른들의 세계를 저 멀리 화성으로 보내버린다. 마음으로 그렇다. 단
절의 벽을 치고 무관심으로 일관한다. 관심이라도 가지면 그 세계를 인
정하는 것처럼 느껴진다. '당신들대로 살고 떠드쇼, 나는 나대로 살 테
니까'의 사상이 생긴다. 그런데 화성으로 보내버린 그 어른들의 세계가
자꾸 자신의 세계를 침공해온다. 펑펑 주는 용돈도 아닌데 그걸 빌미삼
아 간섭한다. 얼굴 보고 싶지 않은데 현관 문 안에서 기다린다. 자기 세
계에 빠져 있을 때면 익숙한 '그 여자, 그 남자'가 전화해서 학원 가라,
밥은 먹었냐 시끄럽다.

이러한 삶이 계속되면서 아이들은 어느 순간 깨닫는다. '상종 못할
인간들이다. 똥이 무서워서 피하나?'

그런데도 아이들은 마음 한구석이 아파옴을 느낀다. 한때 세상 그
무엇보다 의지하고 사랑했던 '그 여자, 그 남자'라는 어렴풋한 기억이 되
살아난다. 이상하게 슬프다. 이런 게 배신감인가 하는 생각이 든다. 하
필 이어폰에서 실연의 아픔을 노래하는 애잔한 곡이 흘러나온다. 기분
이상하다. 울면 지는 건데 자꾸 방어벽에 이상 징후가 나타난다. 아이는
단호히 다음 곡으로 넘긴다. 신나는 댄스 음악에 맞춰 공연히 어깨를 들

썩인다.

때려서 원하는 대로 아이들을 만들어낼 수 있을까? 아주 어린 아이라면 조금은 효과가 있다. 어린 아이는 자신의 생존을 위해 부모가 필요하다는 걸 본능적으로 아니까. 버림받지 않으려는 가여운 투쟁이다. 가출을 할 수 있는 나이가 되면 아이들은 굴욕 대신 저항이나 극단적인 자해를 선택한다.

모든 게임은 상대가 있어서 재밌다. 상대가 맞수이면 더욱 재밌다. 서로 어울려 벌어지는 승패가 재미를 만든다. 그러나 도박은 과정에서의 재미를 추구하지 않는다. 목표가 돈을 따기 위해서이므로 결과만이 중요하다. 도박에서의 재미는 돈을 따는 데 있다. 그러므로 상대가 맞수가 아니고 하수라야 재밌다.

나는 우리 딸들과 도박하고 싶지 않다. 더불어 어울리는 게임을 하고 싶다. 그래서 나는 우리 딸들을 맞수로 생각한다. 게임을 위하여 가끔 나 자신을 하수인 딸들에게 맞추는 것도 그런 이유에서 재밌다. 이 글을 쓰면서 나는 가수 '거북이' 그룹의 '아싸'라는 노래를 흥얼거리고 있다. "사는 게 고생이라 하지만 쉽게만 살아가면 재미없어 빙고".

얼마 전에 고등학교 1학년 남자 아이를 둔 친구가 이런 말을 했다.

"내가 깜빡깜빡 하는 버릇이 있어서 말이야, 가끔 집에 담배를 놓고 나오거든. 처음엔 몰랐지. 고개 갸웃한 것도 한참 지난 뒤였어. 담뱃갑이 표시 안 나게 줄어. 대뜸 우리 애 얼굴이 떠오르더군. '이눔의 자식을!' 하다가 확실한 물증이 필요했어. 남은 담배 개수를 세어놓고 담뱃갑을 놓고 나왔지. 나중에 보니까 두 개비가 비어. 우리 아들놈이 내 담배 도둑질한다는 생각보다도 나 몰래 담배를 피운다는 데 화가 나더군. '머리에 피도 안 마른 놈이!' 하는 생각뿐이었어. 불러다 야단을 치려는데 야단친다고 담배 끊겠나 싶더군. 또래들이 마찬가지겠지만, 일단 담배에 손댔으면 끊기 힘들 거야. 한숨을 푹푹 내쉬면서 어떻게 해야 좋을까 고민했지. 나 참 어이가 없어서……. 내가 어쨌는지 알아? 그날부터 난 집에 가지고 들어간 담배는 놓고 다녔어. 반 갑 정도 남은 담뱃갑이 예닐곱 갑 되면 그 중에서 가장 적게 남은 담뱃갑을 들고 나오고, 또 어떤 날은 반 갑 정도로 균형을 맞추느라 새로 산 담뱃갑 뜯어 담배개비 빼내 빠진 갑에 채웠지. 지금 이 담뱃갑을 바라보기만 해도 한숨부터 푹푹 나온다니까. 내가 뭐 하는 짓인지."

아들의 도둑질을 방관도 모자라 적극적으로 호응해주는 아빠다. 그 친구의 얼굴이 아빠의 얼굴 아닐까. 뒤돌아서 홀로 애태우고 술 한잔으로 시름을 달래면서도 허탈한 웃음 뒤로 알면서도 모르는 척할 수 있는 인내. 고칠 수 없는 일에 목숨 거는 대신, 아들의 '도둑질'에 따른 양심의 가책을 줄여주려는 모습이야말로 아빠의 역할 아닐까 생각했다.

게임에서는 종종 반칙도 허용된다. 서로가 묵인하는 정도 안에서다. 이 반칙을 용인하지 않으려 발악하는 건 게임을 망치는 짓이다. 묵찌빠 하면서 왜 늦게 내냐고 성화를 하면 게임 판이 끝난다. 일방적인 강요는 승부욕에서 나오는데 이 승부욕이 지나치면 게임이 아니라 도박이 된다. 그리고 게임에서 도박처럼 발악하는 건 깽판 치는 행위다.

훈육이 의미 있으려면 훈육 대상이 자신의 잘못을 알고 있고 가르치는 사람과 일정 신뢰관계가 형성돼 있어야 한다. 이 두 가지가 결핍되면 그건 훈육이 아니라 폭력이다.

대부분의 사람들이 환경에 따라 사람이 달라진다고 믿는다. 환경결정론자들은 특히 그렇고 유전적 결정론자들도 환경의 영향을 부정하지는 않는다. 긍정적인 변화를 유도하기 위하여 긍정적인 환경의 개선에 집중하자는 주장도 그래서 설득력을 얻는다. 긍정적 환경개선의 노력은 한편으로 직접적인 체벌을 과거의 유물로 전락시킨다. 더불어 경험적으로 우리는 체벌의 효용성에 대하여 늘 의심해왔다. 교도행정을 통해 교화되는 범죄자를 믿지 않는 것처럼 말이다. 그러면서도 최후의 방법으로 손쉬운 형태로서의 징벌을 먼저 떠올린다. 체벌만큼 바로 효과가 드러나는 것도 없다.

　　우리는 세계적인 명작에서 체벌을 통해 교화에 성공한 작품을 찾아볼 수 없다. 체벌을 하면 교화되는 건 당연하니까 감동을 주지 못하기 때문일까? 그럴 리가 없다. 폭력이 아닌 '사랑의 매'는 그 자체로 감동이다. 읍참마속(泣斬馬謖)의 고사 속 제갈공명처럼, 사랑하는 이를 아프게 하는 건 자해보다 심한 고통이고, 감정을 억누르고 냉철한 이성으로 가르침을 내리기 위해 매를 대는 건 고승(高僧)에 근접한 도력(道力)이다. 여기서 잠깐 본래의 문제로 돌아가보자. '때려서 가르칠 수 있는가?' 주위에서 예를 찾아봐도 잘 보이지 않는다. 다만 육체적인 체벌을 가했을 때 요령만 생기는 군대 생활이 얼른 떠오른다.

　　장발장, 『죄와 벌』의 라스콜리니코프만 봐도, 인생의 전환점은 벌에 있지 않다. 오히려 관용이 주는 감동이 평생의 짐으로 남고 그것으로 삶을 바꾸는 고통을 이겨내고 인내를 다져가는 것이리라. 이 관용은 상대에의 사랑과 인정이 전제된다. 그리고 상대를 위한 무한한 인내와 헌신이 뒤따른다. 『죄와 벌』의 '소냐'가 보여주는, 종교적 사랑을 현실의 인긴 삶에 '승화'시킨 인내와 헌신이 바로 감동이다.

　　사람들이 아는 아름다움(美)대로 천하의 모든 걸 아름답게 만들어내면 그 미(美)는 이미 추악(醜惡)이다. 사람들이 아는 선(善)대로 천하의 모든 걸 선(善)하게 만들어내면 그 선(善)은 이미 선이 아니다.

본래 유(有)가 무(無)를 낳고 무가 유를 낳으며, 어려움이 쉬움을 또 쉬움이 어려움을 만드는 법이다. 길고 짧음, 높고 낮음도 상대에 따라 생겨나고. 소리들은 높고 낮으며 길고 짧은 소리들이 화음을 이루어 호응한다. 앞과 뒤는 끊어진 게 아니라 맞물려 있다.

그래서 성인(聖人)은 사람 기준에 맞춰 뭔가를 억지로 만들어내려 하지 않고, 주위에 돌아가는 상태들을 보고 이렇다 저렇다 평론하며 가르치려 하지 않는다.

세상만물은 상호 작용을 하면서 요란을 떨지 않고, 낳아 기르면서도 결과를 가지려 하지 않으며, 뭔가의 보상을 기대하고 행하지 않고, 일을 이루었다 끝내지 않는다.

늘 움직이고 움직여 돌고 돌아 시작도 끝도 없으니 사라지지도 않는다.

天下皆知美之爲美 斯惡已 皆知善之爲善 斯不善已

故有無相生 難易相成 長短相較

高下相傾 音聲相和 前後相隨

是以聖人 處無爲之事 行不言之教

萬物作焉而不辭 生而不有 爲而不恃 功成而不居

노자 도덕경 제2장의 내용이다. 숱한 시간 동안, 순환의 과정을 통하여 현재의 존재가 그럴 수밖에 없는 것인데, 여기에 인간의 가치기준을 들이대 조작을 가하면 모든 게 엉망진창이 된다는 말이다. 장미꽃을 예로 들어보자. 사람들이 하얀 장미가 예쁘다고 국화, 매화꽃, 들꽃 등 모든 꽃을 하얀 장미로 만들었다면 이제 꽃들은 아름다움을 잃는다. 천편일률적인 하얀 장미꽃 천지여서 사람들은 하얀 장미꽃을 들꽃만도 못하게 여겨 눈길조차 주지 않을 것이다. 장미나무는 수명이 다하면 죽고 죽은 나무의 빈자리에 그 무엇이 자리 잡게 되는데 이것이 유무(有無)의 상생(相生)이다. 그러므로 도를 아는 사람은 하얀 장미가 예쁘다고 하얀 장미로 세상을 뒤덮으려 하지 않고, 들꽃이 왜 피었니 국화가 어쩌니 하지 않는다. 장미와 들꽃 등은 그저 피었다 질 뿐, 특정한 목적을 갖지 않는다. 이런 순환의 과정이 계속되는 것이 조화이며, 이 조화 속에서 장미나무는 삶을 지속한다. 장미나무가 멸종하는 것은 이 순환과정의 또 하나의 조화이고, 이 장미나무를 대신하여 다른 종이 생성되는 것도 역시 수천 년 자연의 순환과정에서의 조화이다.

이 노자의 가르침은 비단 사대강 공사나 성형수술 등에 국한되지 않는다. 우리 아이들을 보자. 불교의 업(業)이란 과거의 인연이고, 어떤 행동을 했느냐가 지금의 결과를 만들어냈으니 그것이 보(報)라고 한다. 우리 아이들이 우리가 알지 못하는 수천 년 자연의 섭리 따라 이렇게 존재하고 있는 것이다. 그런 존재를 놓고 '왜 진득하니 공부하지 않는가? 왜 공부를 못하는가?' 하고 다그치는 것이 옳을까. 세상 조화란 그런 아이가 존재할 당위가 있다. 다만 인간의 능력이 모자라 그러한 당위를 모르고 지날 뿐이다. 그리하여 우리 아이들은 어느 순간에 순리에 거스르는 존재가 되어 자기의 성취도 잃고 존재의의도 잃는 것이다.

때려서 될 일이면 이미 문제도 아니다. 그런 까닭에 때로는 자녀들을 마주한 채로 뻔한 일조차 모른 척해주는 '비움의 미학'이 필요하다.

유교와 법가의 갈림은 성선설(性善說)과 성악설(性惡說)에서 나왔다. 인간이 본래 선하게 태어났다면 굳이 압박을 통한 강제가 필요 없다. 인간의 선한 본성을 어긋나게 하는 사회의 조건들을 개선하면 그만이다. 반면에 인간이 본성이 악하다면 인간의 악은 제도나 환경을 개선하여 교화하는 것으로는 효과가 없다. 인간의 악한 본성이 현실화하는 것을 강제적인 힘으로 막아야 한다. 법을 만들어 하지 못하게 하고 법을 어기면 심하게 벌을 내려야 한다.

나는 우리 딸들을 바라보며 한번도 '본성이 악하다'고 생각한 적이 없다. 그 말똥한 눈망울을 보고 어떻게 그런 생각을 할 수 있을까. 체벌이

필요하다면 정작 회초리로 맞아야 할 사람은 나다. 이제 부모로서 자녀
들을 평가해보자. 우리 아이들은 본성이 착한가 악한가?

11

나는
두 딸의
특성에 따라
딸들을 차별한다

우린 딸만 둘이다. 그래서 열 손가락 깨물어 아프지 않은 손가락 있는지 없는지 모른다. 두 손가락 깨물면 확실히 둘 다 아프다. 그러나 아픔에는 차이가 있다. 엄지손가락은 고통에 둔감한 반면 새끼손가락은 아픔에 예민하다. 나는 이런 결론을 내린다. 열 손가락 깨물어 안 아픈 손가락 없다는 속담을 처음 만들어낸 사람은 자신이 이미 편애하고 있음을 알기에 저렇게 두리뭉실 대답했다!

조금 전에도 초등학교 6학년이나 된 작은딸 예영이가 '문채원이 예뻐 내가 예뻐?' 물었다. '문채원!' 하자 또 묻는다. '문채원이 예뻐 언니가 예뻐?' 여기선 대답을 잘 해야 한다. 만약 '언니!' 하면 날밤 새운다. 그걸로 장난 끝이다. 내가 '문채원!' 하자 다시 예영이가 물었다. '언니가 예뻐 내가 예뻐?' 여기서도 대답 잘못하면 장난이 장난 아니게 된다. '당연히 예영이지!' 그럼 확인 들어온다. '세상에서 누가 제일 예뻐?' 여기선 엄지손가락까지 치켜들고 '예영이!' 해야 흐뭇한 예영이의 미소와 함께 끝난다. 만약 다른 이의 이름이라도 대면 다시 '00와 언니 중에 누가 예뻐?' 되돌이가 된다. 큰딸 예은이는 신경 안 쓴다. 고등학교 2학년이 그걸 신경 쓸 나이는 지나서 그런다? 아니다. 예영이의 질문과 대답에 은근 귀를 기울인다. 내가 장난기를 보이지 않으면 아마도 예은이가 '00가 예뻐 내가 예뻐? 예영이가 예뻐 예은이가 예뻐?' 하리라.

우리 두 딸은 부모의 사랑에서 우위에 서고 싶어한다. 큰딸 예은이에 비해 예영이가 훨씬 심하다. 예영이는 언니가 이 세상 그 어떤 것보다 더한 경쟁상대다. 이 경쟁이 부모의 사랑을 둘러싼 사랑쟁탈전에서 비롯된 것이라고 나는 생각한다. 두 딸이 섭섭해 하는 가장 주된 요인은 '누구 편을 든다'에서 오는 억울함이다. 언니보다 떼쓰고 애교부리는 기술이 뛰어난 예영이의 편을 들면 예은이는 금방 울상이 되어 씩씩거린다. 예영이는 제 편을 들어주어도 '엄마 아빠는 언니 편만 들어' 항의한다. 사랑을 독점하고 싶은 모양이다.

두 딸을 보면서 차별이나 편애는 부모 관점에서 볼 것이 아님을 깨닫는다. 차별과 편애를 느끼는 자녀들의 관점에서 보아야 한다. 부모가 차별을 하든 차별을 하지 않든, 아이들은 부모의 말과 행동을 편애라고 해석하고 차별받는다고 생각한다. 연애할 때의 이성에 대한 일편단심처럼 사랑을 나누면 억울해지는 모양이다. 어쨌든 중요한 것은 차별이나 편애는 부모가 어떻게 아이들을 대하는가의 문제가 아니라는 점이다. 아이들이 어떻게 해석하느냐가 중요하다.

주위를 보면 실제로 자녀들을 편애하는 부모들도 있다. 딸보다는 아들, 일찍 낳은 아이보다는 늦둥이, 운동 잘하는 아이보다는 공부 잘하는 아이, 건강한 아이보다는 병약한 아이일수록 편애가 심하다. 이 편애와 편애로부터 발생하는 차별은 자녀의 해석에 달려 있지 않다. 그것은 눈에 보이는 사실이다. 옆에 선 내 눈에 보이는데 당사자인 자녀들이 모를 리 없다. 두리뭉실 '열 손가락 깨물어서 안 아픈 손가락이 어디 있어?' 해 봐도 공염불이다. 아이들은 골방에 숨어 열 손가락 깨물어보기도 한다. 그리고 깨닫는다. '엄마 아빠는 나만 미워해.' 덜 예쁨 받는 건 미움 받는 거라 해석한다. 그 대상이 부모니까.

편애와 차별은 부모로서도 이겨내기 힘든 문제다. 부모도 사람으로서 살아 있는 감정을 느낀다. 머리로는 똑같이 사랑하고 똑같이 대하자는데 얼굴 표정부터가 통제할 수 없게 다르게 나타난다. 편애가 자녀들에게 얼마나 안 좋은 영향을 미치는지는 누구나 안다. 그렇기 때문에 자녀 없을 때는 '그러지 말아야지' 하는데 막상 자녀들을 앞에 두면 그게 안 된다. 죄의식 때문에 한마디 한다. '똑같이 예뻐해.' 부모도 알고 자식도 안다, 안 그렇다는 걸. 그런 말은 안 하느니만 못하다.

자녀 하나 있는 부모는 이런 거 모른다. 둘 있는 내가 느끼는 걸 보면 셋, 넷이면 더 심하게 느낄 것이다. 사실 늦게 본 막내가 예쁘기 마련이다. 첫째가 안 예쁘다는 게 아니라 막내를 그냥 더 안아주고 싶고 떼를 받아주고 싶고 편들어주고 싶다는 말이다. 첫아이를 키우며 몰랐던 걸 알게 되었고 그 깨달음을 되돌려주자니 큰애는 벌써 많이 커버려서 그런지도 모르겠다. 아이들 문제를 앞두고는 바보가 된다더니, 내가 꼭 그 짝이다.

한때 그것이 편애일까 고민도 했다. 나는 진정 우리 큰딸을 예뻐한다. 고1 때까지 잠자리에 드는 녀석의 볼에 잘 자라는 뽀뽀를 해주면서 너무 행복해 했을 만큼 사랑한다. 너무 커버려 볼에 뽀뽀해주기 민망한 나이가 된 녀석의 성장에 아쉬워한다. 그렇기에 나는 편애가 도대체 무엇인지, 그 모호한 정체 때문에 잠시 방황도 했다.

복잡하면 단순화하라! 그리고 오래 전에 결론을 내렸다. '편애로 인한 차별이 문제다!' 그리고 이렇게 생각했다. '어차피 다른 두 아이, 그 차이를 두고 진정하게 차별해보자.' 뭔지 모르는 편애를 잡고 고민하고 싶지 않았다. 그렇게 시간이 지나고 요즈음의 우리 딸들을 지켜보니 나를 놓고 편애와 차별을 느끼지 않는 것 같다. 물론 둘째의 장난기 어린 투정은 여전하다.

옆에서 보기에 편애가 심한 부모는 그 스스로 편애하고 있음을 모를 만큼 편애하는 자녀에게 빠져 있을 것이다. 대책 없다. 이 편애가 심할수록 지적하는 사람도, 한탄하는 목소리도 없다. 심지어 편애의 희생자인 다른 자녀도 상대적 박탈감을 이기지 못해 부모에게 자신 있게 항변하지 못한다.

나는 두 딸을 차별한다. 이 차별은 두 딸에 대한 내 마음자세가 다르기에 불가피하다. 어릴 때부터 큰딸 예은이는 듬직한 친구같은 느낌이다. 반면에 작은딸 예영이는 안아주고 싶은 귀염둥이 막내다. 예은이는 성장을 흐뭇하게 바라보게 되는데 예영이는 '이제 그만 좀 커' 하고 농담한다. 둘 사이에 분쟁이라도 있으면 나는 이 두 가지 감정을 솔직하게 드러낸다. 예영이가 어릴 때는 제법 저항도 했다. 그것이 지금까지 '언니 편만 든다'는 고정된 시각을 만들었는지도 모른다. 난 '언니니까 양보해'나 '동생이니까 참아' 같은 말을 하지 않는다. 다만 '언니, 동생' 관계는 명확히 하고, 동생이 언니를 따르고 언니는 동생을 돌보는 것을 전제로 잘잘못을 따진다. 벌어진 일에 한정해서 잘잘못을 가릴 수 없을 때의 일이다. 그런데 두 자매의 관계를 보면 언니는 양보를 잘 하는데 동생은 언니 대접을 안 하려 한다. 우리 큰딸이 가끔 속 터져 하는 일이다. 일부러 언니를 무시하는 경우도 있다. 검도 다녀오는 길에 가게에 들를 때 제 과자는 천 원 넘는 거, 언니 과자는 천 원 안 넘는 거 사오기도 한다. 초등학교 1,2학년 때는 '어? 언니 있었는지 몰랐네' 너스레를 떨며 일부러 언니 것 안 사오기도 했다. 야단치기도 그렇고 놔두기도 그런 막내의 잔머리 앞에서 한때는 속수무책이었다. 이젠 나도 막내의 잔머리를 뛰어넘는다. 예영이 보는 앞에서 언니 예은이의 볼을 감싸 쥐고 '우리 애기, 섭섭해?' 같이 대응한다. 효과 만점이다.

예은이와 예영이는 큰딸과 작은딸이라는 차이 때문에 종종 섭섭해한다. 예은이는 동생을 돌보고자 했다가 반발하는 예영이가 화를 내고 부모가 예영이의 화를 풀어주려 하면 몹시 격앙된다. 예영이 편을 드는 게 아니라 '예똥이, 화 났어?' 하는데도 예은이는 화를 낸다. 예영이가 야단맞아야 하는데 반대로 위로받는 것이 싫은 탓이겠고, 뭔가 억울함이 밀려들면서 부모의 사랑을 빼앗긴 듯한 기분이 들기 때문일 것이다. 예영이는 부모가 언니를 다 큰 딸처럼 대접하는 걸 싫어한다. '맨날 어린애 취급해. 나만 소외시켜' 이런 말을 자주 한다. 언니가 어린애에게 하듯이 잔소리라도 하면 바로 반발한다. 그런데 부모로부터 언니처럼 큰딸 대접받고 싶어하면서도 늘 어린애처럼 애교부리고 떼를 쓰려 한다. '예똥이처럼 예쁜 동생 하나 더 낳을까?' 하면 질색이다. 막내로서 받고 있는 사랑을 계속 유지하겠다는 욕심이다. 한편으로 자기와 같은 동생이 생겼을 때, 언니와 처지를 맞바꿔보면, 영 아니다 싶은 모양이다. 예은이가 동생이 좀 못마땅하면 가끔 말한다. '너도 너 같은 동생 있어봐야 알아.'

언니와 동생 같은 태생적인 차이를 확인하는 과정은 처음에는 조금 시끄럽다. 언니로서는 부모에게 어리광부리고 싶은 욕구가 있고, 동생으로서는 언니처럼 어른스런 대접을 받고 싶은 욕구가 있기 때문이다. 잠깐의 혼란을 거치고 언니와 동생의 경계가 분명해지면 아이들은 차별을 이해한다. 하지만 늘 그렇듯, 이해와 감정은 별도다. 언니 또는 동생의 자리가 더 좋아보이는 까닭에 아직도 좀 시끄럽다. 그래도 뒤끝은 짧다.

나는 딸들의 상실감을 달래주기 위해 간간이 역할 바꾸기를 한다. 큰딸을 '아기'처럼, 작은딸을 '어른'처럼 대접한다. 참 재밌다. 고등학교 2학년생이 어리광을 부리고 초등학교 6학년생이 어울리지 않게 의젓하게 말하고 행동한다. 웃으며 지켜보다가 불쑥 이름 바꿔 부르기 일쑤다. 어차피 어울리지 않는 서로의 자리들이다 보니 모든 일탈이 용인되나 보다. 이 관용의 분위기는 둘이 같이 있어도 갈등을 일으키지 않는다. 물론 오래 지속되지 않을 때의 얘기다.

두 딸을 향한 차별이 정당하기 위해서는 두 딸의 차별성이 분명해야 한다. 우리 두 딸은 자매라고 할 만한 공통점이 얼굴 형태 빼고는 별로 없다. 체형, 성격, 좋아하고 싫어하는 것들이 너무 다르다.

큰딸 예은이는 내가 보기에 '통통', 자기 말로는 '뚱뚱'하다. 작은딸 예영이의 체형은 내가 보기에 '나무젓가락', 자기 말로는 '통통'이다. 먹는 양은 예영이가 언니보다 두 배는 더 먹는다. 예은이가 가장 억울해하고 부러워하는 부분이다. 얼굴선도 둘이 다르다. 예은이는 보름달형, 예영이는 길쭉한 계란형이다. 예은이 얼굴은 친구들이 젖살 안 빠졌다고 놀림을 받을 만큼 유아적인 얼굴이다. 피부도 아기피부 같아서 여드름이 안 난다. 예영이가 거울로 자기 얼굴의 여드름을 볼 때마다 언니가 부러울 것이다. 예은이 배꼽은 아주 예쁘다. 통통한 뱃살에 아담하게

폭 들어간 배꼽이다. 예영이 배꼽은 살짝 돌출되었다. 예영이가 초등학
교 입학한 얼마 후에 자기 배꼽을 보고 지은 이름이 '골뱅이 배꼽'이다.
먹는 골뱅이가 아니라 컴퓨터 자판의 골뱅이(@)다. 그 이름 때문에 예
영이 배꼽을 보면 웃음이 나온다. 예은이나 예영이는 나를 닮아서 새끼
손가락이 유난히 짧다. 예은이는 새끼손가락 둘째마디가 거의 보이지 않
는다. 친구들이 손가락 굽혀보라 하고 둘째마디 찾기로 지금까지 장난한
다 한다. 예영이는 짧은 새끼손가락이지만 마디마디 확실하게 보인다.

큰딸 예은이는 낙천적이고 명랑하며 즉흥적이고 충동적이다. 좋게
말하니까 그렇고, 한마디로 단순명쾌다. 기분 나빠서 화를 내고 돌아섰
다가 몇 걸음 안 가면 왜 화났는지 잊어버린다. 성적표 받고 돌아와서 엄
마 아빠한테 시위―제가 먼저 펄펄 뛴다-하고 성적표 접는 순간 성적
표 받기 전으로 돌아간다. 주머니에 돈이 있으면 쓰고 보고, 물건 살 때
도 가격 따지지 않고 눈에 혹하면 그냥 집어 든다. 특히 조심성이라고는
별로 없어서 주방 근처에서 뭔가 할 때마다 주위가 번잡스럽다. 커피 한
잔 타너라도 주위에 커피 가루 흩뿌린다. 여자가 셋인 우리 집에선 이 니
쁜 예은이의 모든 것이 내 유전자 탓이란다. 하긴 오늘 저녁 식탁에도 예
은이와 내 자리에만 김칫국물이 길을 만들었다. 반면에 예영이는 생각
이 깊고 조심스러우며 삐지길 잘한다. 좋게 말하니까 그렇고, 한마디로
잔머리다. 자존심 상했던 일은 오래 묵힌 후에 일정 정도 소화가 돼야 말

한다. 고집이 세서 좋아하고 싫어하는 일이 집요하게 오래 간다. 주머니 용돈 계산 철저하고, 물건 살 때는 가격 비교가 절대다. 충동적으로 구매하는 경우가 극히 적고, 필요한 물품도 오래 생각해서 결정한다. 애답지 않다. 주방은 언니를 밀어내고 엄마 옆자리를 차지했다. 손으로 만드는 걸 좋아해서 초등학교 저학년 때 컴퓨터 조립까지 해내기도 했다. 이렇게 조심스럽고 사려 깊으며 손재주 좋은 장점은 여자 셋인 우리 집에선 다 엄마 닮아서란다.

친구 관계는 예은이가 좋고, 음감(音感)이나 춤 실력은 예영이가 훨 낫다. 얼마 전에 그룹 티아라의 '롤리폴리' 노래가 한창 인기일 때 두 딸이 춤을 배운다고 요란을 떤 적이 있다. 몸치인 예은이는 그 자체가 몸개그여서 녀석이 춤을 출 때마다 우리는 뒤로 넘어갔다. 예영이가 춤 실력을 뽐내며 아무리 가르쳐도 통나무에 걸린 부러진 가지가 덜렁대는 모양에서 한 치도 발전하지 못했다. 우린 그러려니 한다. 그리고 역시나 내 유전자 탓이란다. 밤, 거실 유리창이 전신 거울을 대신할 때, 내가 예은이와 나란히 춤을 춰 보면 정말로 내 유전자 탓이 맞다.

대략적인 차이를 열거하자니 간단한데 막상 현실에서 부딪치면 복잡해질 때가 한두 번이 아니다. 단적으로 뭔가를 주문해서 먹으려 할 때도 담백한 걸 좋아하는 예은이와 느끼한 것 좋아하는 예영이의 의견 불일치 때문에 한참을 실랑이하기도 한다. 과자 하나, 아이스크림 하나도 각

각 취향이 다르니 이 나이에 그걸 기억하는 것도 참으로 피곤하다. 예은이 컵 예영이 컵, 예은이 접시 예영이 접시, 예은이 숟가락 예영이 숟가락……, 이런 걸 다 기억하고 있어야 한다. 그래서 남들이 유별나다 하나 보다. 그래도 좋다. 두 딸의 동질성을 기억하기보다는 차별성을 기억하고 싶다.

우리 두 딸은 서로의 차이를 인정하면서 그 차이에서 오는 갈등을 배워가고 있다. 동질화할 것은 동질화하면서 그렇지 않은 것들은 다른 영역으로 인정해간다. 실재적인 삶에서 차별적인 것들을 인정해간다는 것은 자신의 취향과 감정을 지켜간다는 의미이고 나아가 상대의 취향과 감정을 존중한다는 의미이다. 이는 이기적이고 자기중심적인 자아의 확대 재구성을 의미한다. 다른 것들을 배척하지 않고 공존의 틀에서 수용할 줄 아는 자세는 우리 딸들이 속한 친구관계나 선생님과의 관계에서 또다시 발전할 것이다.

그런 의미에서 청소년들은 현명하다. 나는 이 나이가 되어서도 집사람과의 관계가 발전적이지 못하다. 차이를 인정하는 것이 수용이 아닌 포기가 되어버렸다. 엄연한 차이를 앞에 두고 내 기준에서 옳다는 쪽으로 그 차이를 메우려 한다. 그러니 부부싸움 거리가 애들 보기에도 하찮은 것 투성이일 수밖에. 아니면 매번 서로 다른 전제를 확인하는 차원에서 감정만 상하고 말던지.

　　다양성은 창의성의 바탕이다. 하얀 네모난 벽에만 갇혀 살아온 사람은 꿈조차 꾸지 못한다. 다양한 색다른 경험이 사고력의 확장은 물론, 또 다른 것을 찾는 탐구의 단초가 된다. 다른 것에 둔감하면 현실에서 벗어난 사고와 행동을 하기 힘들다. 이것이 차이를 전제로 차별하는 내가 우리 딸들에게 기대하는 부가소득이다. 그리고 자신의 감정에 충실한 채 타인의 다양한 감정을 수용하게 하는 환경은 풍부한 정서의 밑천이다. 이해에 민감한 어른보다는 다른 이들과 아픔, 기쁨, 희망을 함께 나눌 수 있는 딸들로 커나가기를 바라는 마음에서 나는 두 딸의 차이를 더 벌리려 한다. 풍부한 정서를 가진 성인으로 자라나는 것, 그것이 차이에 따른 차별을 하며 내가 우리 딸들에게 기대하는 부가소득 두 번째이다.

12

검도 금메달

어린이들은 가만히 있으면 병난다. 들뛰고 난리를 쳐야 정상이다. 자라나기 위한 본능적인 체력훈련이다. 그렇기 때문에 노화를 막기 위한 어른들의 체력훈련과는 질이 다르다. 노화방지용 체력훈련은 무리가 가지 않는 한에서 자기가 현명하게 운동을 끝내야 한다. 아니면 노화방지용이 노화촉진용이 되거나 병자를 만드는 운동이 된다. 성장을 위한 체력훈련은 이 한계가 거의 없다. 놀 수 없을 만큼 논다. 심장이 터질 듯하고 근육이 찢어질 듯하게 극한까지 치달린다. 목소리는 다 쉬어도 좋다. 그렇다고 탈이 나느냐 하면 아니다. 이 극한의 운동은 하루 이틀 쉬고 나면 체력으로 비축된다. 이렇게 형성된 체력은 평생 간다. 노화방지용으로 훈련된 체력은 한 달 못 간다.

아파트에 살면서 우리 어린이들은 성장에 필요한 '들뛰기'를 못한다. 유치원과 학원을 가면 '조용히 해! 가만히 있어!'라는 소리만 귀 따갑게 듣는다. 초등학생은 학원 차까지 걸어가고 학원 차에서 내려 걷는 운동이 고작이다. 친구들이랑 어울려 뛰놀기도 하지만 그건 가뭄에 콩 나기다. 게다가 심장이 터질 듯이 뛰어놀 만큼 여유롭지도 못하다. 중고등학교에 진학하면 근육에 쥐가 나도록 축구라도 하고 싶지만 같이 뛸 친구들이 없다. 이때의 운동이란 가방 메고 등교하고 학원 갔다 귀가하는 그 걸음뿐이다. 책장 넘기고 연필 굴리는 손 운동을 운동이라 하면 할 말 없다.

몸매를 위하여 먹는 걸 절제하는 것은 그렇다고 치자. 주위에는 기름진 인스턴트식품 일색이다. 이런 환경의 청소년을 두고 어른들은 체형과 체력의 불균형에 혀를 찬다. 뿐만 아니다. 성장기의 본능으로 그런대로 잠을 잘 이루지만 운동을 하지 않아 깊은 잠을 자지 못한다. 고등학교 고학년이 되면 불면증에 시달리기도 한다. 사정이 이런데, 또 다른 한편에선 잠을 쫓는 약을 먹는다. 이 정도 되면 아무리 '로봇태권V'라도 다리가 삭아 서 있지 못한다.

'체력이 약해서 서른 되기 전에 제대로 서 있지 못하면 어떤가, 공부 잘해서 의사하고 변호사 잘하면 되지' 하는 사람들도 있겠다. 등산하면서 깔딱 고개 넘을 때 생각 안 한다. 체력이 모자라면 정말 힘들다. 우리 자녀들도 그렇지 않을까. 의사, 변호사 되기까지 이 앙다물고 버텨야 하는 저질 체력의 비애를 무시해도 좋을까. 그것도 견뎌야 하는 항목이라고 치자. 성장하려고 발악하는 몸을 가만히 책상에 앉혀놓으면 공부가 잘될까? 나는 아무리 생각해도 '아니다'다. 우선 집중력이 안 산다. 규칙적으로 땀을 흘린 후에 상쾌한 기분을 느낄 때, 그 어떤 때보다 머리가 맑음을 느낀다. 덥지 않은 물로 몸을 식히며 땀을 씻어내고 나면 책을 향한 시선이 쌍안경 시야각처럼 좍 좁혀져 온다. 그리고 이 집중력이 깨지는 순간, 스르르 잠이 몰려들고 꿀맛 같은 숙면에 빠진다. 일어나면 몸과 머리가 개운하고, 운동을 하지 않았을 때보다 훨씬 오래 집중하는 시간을 갖는다.

공부는 집중력의 싸움이다. 흐리멍덩한 머리 상태로 몰려드는 잡생각을 떨치려 애쓰면서 하는 공부는 하루 20시간도 의미 없다. 그런데도 우리 부모들은 놀지도 말고 운동도 말고 잠도 말고 공부만 하라고 한다. '무슨 말이냐. 우리 아이는 그래서 전교 일등이다. 네 딸들은?' 하면 할 말 없다. '운동 시키세요. 그럼 전교 일등 아닌 전국 일등할지 압니까?' 자신 있어서 하는 말은 아니다. 하지만 우리 딸들은 그렇게 하라 한다. 참, 쉬는 것도 노는 것도 집중력을 위하여 반드시 필요하다. 주말에 소파에 누워 텔레비전을 보면서 '피곤해. 쉬어야 해' 하는 분들도 자녀들에게는 중고 6년, 심지어 초등 6년까지 합해 12년을 그냥 공부만 하라고 다그친다. 우리나라 모든 부모께 하는 말이 아니다. 내가 아는 그 누구의 얘기다!

둘째 예영이가 초등학교 6학년 생활을 막 시작할 때, 담임선생님 자랑이 하늘을 찔렀다.

"아빠! 우리 담임선생님, 아빠하고 똑같아. 체력이 중요하다고, 아침마다 10분 일찍 등교해서 운동장 세 바퀴 뛰게 하셔. 잠을 안 자고 공부하면 안 된다고 하셔."

'아주 훌륭한 선생님이시다!'는 내 말에 예영이는 가슴을 펴며 뿌듯

해 했다. 그런데 얼마 후부터 자랑스러워하던 담임선생님을 부담스러워하기 시작했다. 예영이가 버티기에 선생님의 교육 열의가 너무 높았다. 숙제가 많아 열 시가 넘어야 잘 수 있고, 운동장 뛰는 양도 서서히 많아졌다. 당연히 예영이의 입에서 지그럭대는 소리가 늘었다. 그래도 악착같이 선생님의 지시를 따른다. 아침 운동장 뛰기는 은근히 즐기기도 한다. 헉헉거리며 떨어지는 다른 친구들한테 생생한 모습으로 의기양양해할 수 있어서 그런 듯하다.

우리 두 딸이 장거리 달리기를 잘하리라는 기대는 한 번도 한 적이 없다. 유전적으로 잘 뛸 수 없기 때문이다. 단거리라면 모를까, 나는 장거리 달리기에 젬병이다. 집사람은 단거리까지 젬병이다. 그런데 이상하다! 두 딸 모두 단거리보다 장거리를 잘 뛴다.

두 날 전쯤이다. 예영이가 남양주시 육상대회에 장거리 학교대표로 뽑혔다. 내게는 엄청 신선하고 놀라운 소식이었다. 내 평생 학교를 대표하는 운동선수로 뽑혀본 적이 없다. 초등학교 때 반대표로 백 미터 달리기 선수가 된 적은 있지만 학교대표라니! 그래서 나는 큰 기대를 하지 않았다. '이기려고 하지 말고, 숨이 턱에 차서 도저히 못 뛰겠다 싶으면 기권해.' 경쟁심이 남다른 녀석이 행여 욕심을 부리다 뒤로 넘어갈까봐 걱정되어 이런 조언까지 했다.

이런 나를 비웃듯, 예영이는 수많은 경쟁자들과 예선전을 거쳐 12명

본선에 진출하고 그 중에서 6등을 했다. 체육특기자들이 포함된 경주였다. 예영이는 결과를 놓고 실망에 가득 찬 표정이었지만 나는 너무나 기뻐 엄지손가락을 바짝 세웠다. 체육특기자들과의 경쟁에서도 별로 밀리지 않았던 우리 딸에게 진심으로 박수를!

예영이는 어릴 때 언니로부터 어찌 그리 운동을 못하냐고 핀잔을 들었다. 달리기, 줄넘기, 인라인 스케이트, 자전거……, 배울 때부터 어설프더니 실력이 잘 늘지 않았다. 그런데 어느 순간, 예영이가 변했다.

맏딸 예은이에게 운동을 시켜야겠다고 생각해서 중학교 입학할 때쯤 '검도 배워보면 어떻겠니?' 했을 때, 마침 예은이가 아파트 단지 앞에 붙은 검도 홍보지를 보고 바로 배우겠다고 했다. 예영이는 언니와 다르게, 내키는 대로 즉흥적으로 결정하는 성격이 아니라서 은근한 공작이 필요했다. '언니 따라가서 언니 하는 것 보고, 재밌겠다 싶으면 배워봐.' 그렇게 언니를 따라 검도장 간 첫날, 언니처럼 검도복을 입고 집에 들어왔다. 이 급박한 결정이 의외였는데, 아무튼 예영이는 검도복 입은 자신의 모습에 스스로 반해서 그랬다고 나중에 농담조로 말했다. 처음부터 예은이는 검도가 너무 재미있다고 호들갑을 떠는데 반해 예영이는 언니 따라 마지못해 한다는 식이었다. 며칠이 그렇게 흐르더니 예영이의 입에서 검도 얘기가 많아졌다. 몇 달이 흐른 뒤에는 예영이의 인생에서 첫 번째

순위가 검도가 되었다.

비쩍 마른 예영이가 팔을 앞으로 내밀고 만져보라 한다. 나무막대기처럼 단단하다. 한 다리를 쭉 뻗고 만져보라 한다. 통나무처럼 단단하다. 종아리에 박힌 알도 이젠 걱정하지 않는다. 반 남자친구들이 섣불리 부딪치려 하지 않는단다. 별명도 '진돗개'라나. '어젠 치와와가 덤비더라.' 치와와라 불리는 남자친구가 장난을 걸었던 일을 두고 같잖다고 하는 말이다. 한참 전부터 예영이는 손바닥을 펴서 칼싸움 하는 놀이를 하자고 않는다. 아빠 정도는 장난거리도 아니라는 오만이다. 하긴 그렇다. 내 손칼이 날아가도 눈 하나 깜짝 않고 막아대며 역공하는 녀석 앞에서 나는 당황한다.

제 몸을 지킬 수 있다는 자신은 모든 영역에서 자신감을 갖게 하는 듯하다. 남 앞에 서기를 꺼려하던 소극성도, 나서기 싫어 웅크리고 있던 모습도 많이 줄었다. 해야 한다는 일에는 집요할 만큼 적극성을 보인다. 예전에는 생각의 뒤끝이 길더니 이젠 훌훌 잘 턴다. 한마디로 잘 먹고 잘 자고 질 싸는 인생이다. 그러니 이찌 '회도검도관' 관장님과 관원들께 감사하지 않겠는가!

예영이는 검도 시합에서 거둔 금메달들을 소중하게 간직한다. 처음 금메달 땄을 때는 자주 꺼내보이며 자랑도 하더니 이젠 저 혼자 꺼내본다. 자랑하기에는 너무 흔해진 금메달이기에 그런 듯하다. 올 여름, 어느 시합을 앞두고 예영이가 이렇게 말했다.

"일회전은 매번 부전승이야. 내가 운이 좋은 줄 알았거든? 근데 관장님들 모여서 얘기하는 걸 지나면서 들었더니, 자기 관원 일승이라도 올리게 해주려고 날 피하더라구. 나, 남양주 검도계에서는 유명한 사람이야!"

우리 딸 얘기니까 믿을밖에. 그런데 그 이후로 두 번의 대회에서 대진 인원이 잘 맞아 부전승 한 번 없었다. 그리고 얼마 전 대회에서는 남녀 혼합 대진으로 메달 획득에 실패했다. 낙담도 오래 가지 않았다. 중학생이 되어 체격 큰 고학년들과 중등반 대결을 해야 하는 약간의 우려만 계속되고 있다.

주위에서는 벌써부터 검도특기생 얘기를 한다. 예영이는 아직 깊이 생각해보지 않는다. 우리 부부는 모든 가능성을 열어두고 있다. 우리 딸이 좋아하는 검도이고 능력도 있다는데 예영이가 그렇게 결정하면 적극 지원할 참이다.

예영이는 운동장 다섯 바퀴 뛰고 헉헉거리는 아이들을 딱하다는 듯이 말한다. 운동장 다섯 바퀴가 '겨우 그까짓 것'이란다. '빠른머리 천 번만 해봐.' 검도가 미치는 영향은 육체적인 강인함만이 아니다. 예영이는 운동장 스무 바퀴를 뛰라 해도 겁 없이 나설 것이다. '공격 연습 3분하는 것보다 힘들기야 하겠어!' 이럴 것이다. '진돗개'라는 별명은 그런 집요함과 자신감을 본 친구들의 품평일 터이다.

예영이를 몸치에서 벗어나게 해준 것도, 운동의 둔재에서 달리기 학교대표로 뽑히게 해준 것도 모두 검도 덕분이다. 내가 알아채지 못하는 또 다른 효과가 있을지도 모른다. 구태여 그런 것들을 찾을 필요 없다. 우리 딸 스스로 좋은 것들을 체화해갈 테니까.

한편으로 웰빙을 최고의 삶의 덕목으로 삼는 듯한 오늘날의 풍조에서 '화도검도관'의 어린이 관원이 많이 늘지 않는 것도 이상한 현상이다. 우리사회의 '웰빙'이 무엇인지 자꾸 헷갈린다. 먹거리만 봐도 그렇다. 서구식 식생활이 서구식 체형을 만들어낸다고 하면서 비만을 걱정한다. 어린이들이 고기와 지방분을 좋아하는 건 당연한데, 그런 식문화를 걱정해서 무슨 결론이 날까. 먹은 만큼 들뛰게 하면 그만이다. 책상 앞에 앉는 고문을 그만두면 청소년들은 제 좋아서 마냥 뛴다. 다른 애들이 안 그래서 우리 애도 어쩔 수 없다는 건 변명이다. '화도검도관' 같은 운동기관은 아파트 난시 하나 걸러 하나씩이다.

우리 딸들이 같이 검도하자 조를 때 따라나서지 못한 걸 후회한다. 가난은 여러모로 삶을 궁핍하게 만든다. 내가 하고 싶어도 못했던 것처럼, 많은 부모들과 어린이들이 하고 싶은 운동을 못할 수도 있다. 자꾸 공교육으로 눈이 돌아가는 이유이다. 원어민 영어 교사보다 오히려 어린이들이 좋아할 수 있는 운동의 전문가가 선생님으로 초빙되면 얼마나 좋을까. 박지성 선수나 김연아 선수와 같은 세계적인 선수가 아니더라도, 언젠가 텔레비전 중계에 이름 올렸던 적이 있던 선수출신 선생님만 만나도 어린이들의 감흥은 굉장할 것이다. 그런 선생님이라면 어린이들에게 없던 흥미도 만들어줄 수 있으리라.

　부모들이 '건강이 최고다'라 하면서 혼자서 노화방지용 운동을 할 일이 아니다. 가장 사랑하는 자식들도 역시나 '건강이 최고'이기 때문이다. 엄마 아빠와 함께 검도대회에 나가는 자녀만 생각해도 나는 괜히 즐겁다. 금메달 딴 딸 앞에서 일승도 올리지 못한 아빠가 '나이 탓이여' 계면쩍은 변명도 필요 없이, 딸은 금메달보다 아빠와의 동행에 더 크게 즐거워하리라.

13

같이 놀기

맏딸 예은이는 단순명쾌에다가 덜렁이는 듯함에도 어울리지 않게 엄청나게 깔끔을 떤다. 어릴 때부터 지금까지 지저분해 보인다고 검은색 음식은 잘 먹지 않는다. 아이들이 그렇게 좋아하는 짜장면도 초등학교 고학년이 되어서야 먹었다. 초콜릿도 초등학교 들어가기 전까지는 안 먹었다. 손에 검댕이도 아닌 먼지 묻는 것도 싫어해서 바깥놀이 조금 하다 보면 손 씻으러 물가로 달려갔다.

한참 뛰어놀기 전에, 막 걸어다닐 때에는 훨씬 심했다. 아장아장 걷기 시작했을 때, 아파트 단지 내 놀이터로 데리고 나간 적이 있었다. 아이들이 좋아하는 모래장난이고 뭐고, 이 녀석은 신발 끝으로 모래만 슬쩍슬쩍 차면서 우두커니 섰다. 넘어지면 영락없이 정성들여 손을 털어댔다. 그 모양이 하도 보기 싫어 나는 녀석을 쪼그려 앉은 내 무릎에 앉히고 신발을 벗겼다. 녀석은 내 목을 끌어안고 떨어지지 않으려 안간힘을 쓰면서 벗겨져나가는 신발을 노려보았다. 신발을 한쪽에 모아놓는데도 녀석의 눈길은 자기 신발에서 떨어질 줄을 몰랐다. 내 목을 감싸는 팔에 힘이 들어갔다. 나는 뒤에서 녀석의 양 겨드랑이를 잡고 모래 위에 내려놓으려 했다. 녀석이 몸을 돌려 안기려 안간힘을 쓰면서 행여 모래에 발이 닿을까 다리를 잔뜩 모았다. 모래에 가까워질수록 두 다리를 더욱 끌어당겼다. 마침내 더 이상 다리를 모아들 수 없을 때 녀석은 다리를 쭉 펴면서 위로 들어올렸다. 무시하고 엉덩이부터 모래 위에 내려놓았다. 한동안 녀석은 자기의 다리를 바라보기만 했다. 상황을 이해하기 위해선지, 다음 행동을 결정하지 못해서인지는 알 수 없었다. 이윽고 녀석이 조심스럽게 다리를 움직여 일어서려는 행동을 했다. 걸음마 뗀 지 얼마 되지 않은 후라 손을 짚지 않고는 일어설 수가 없었다. 녀석은 한동안 다리만 꼼지락거리다가 가만히 손으로 모래를 짚고는 힘겹게 일어났다. 나는 다시 녀석을 들어올렸다. 역시 다리를 모으다가 안 되니까 다리를 뻗쳐 들었다. 그래도 엉덩이부터 내려놓았다. 이번에는 녀석의 결정이 빨랐다. 한 번 해본 경험으로 손쉽게 손을 짚고 일어섰다. 손을 탁탁 털고 엉덩이를 털더니 다리마저 털었다. 그러나 두 발에 묻은 모래는 방법을 못 찾아 물끄러미 내려보기만 했다. 안 되겠다 싶었다. 다시 내려놓아도 또 그렇게 행동할 것이었다. 나는 예은이를 부르고 녀석이 보는 앞에서 신발을 벗었다. 예은이 신발 옆에 가지런히 모아두고 그대로 모래판 안으로 짓쳐 들어갔다. 예은이 보라고, 혼자서 신나게 뛰고 모래를 발로 찼다. 드디어, 예은이가 내게로 걸어들어왔다. 발로 모래를 걷어차 예은이의 정강이로 날렸다. 띠리한다고 하다가 예은이가 다리가 꼬여 넘어졌다. 조심스런 행동은 이젠 없었다. 녀석은 두 손으로 모래판을 짚고 일어서 내게로 마구 모래를 차 날렸다. 그리고 넘어지고, 또 일어서서 모래를 차고…….

그날 이후 놀이터만 가면 예은이는 신발부터 벗었다. 온몸에 모래를 뒤집어쓰고도 천연덕스럽게 놀자고만 했다. 씨름하면서 모래판에 뒹굴어도 좋다고 웃어댔다. 덤프트럭 모형 차에 삽 같은 소꿉놀이 놀이기구만 있으면 혼자서 한 시간은 족히 놀았다.

이 경험으로 나는 아이들이 새로운 경험에 익숙하기 위해서는 첫걸음 떼기만 잘하면 된다는 생각을 했다. 새로운 경험은 다양한 경험을 하지 못한 갓난쟁이에게 상당히 두려운 영역일 것이고, 그 새로운 경험이 자신이 싫어하는 유형이라면 더욱 그 두려움은 클 것이다. 어린이들이 그러한 두려움을 극복하기 위하여 우선해서 가장 믿을 수 있는 부모부터 돌아볼 것이다. 그때 부모가 자녀의 첫걸음을 지켜보아주는 것도 중요하지만, 한편으로 손잡고 함께 아이의 두려운 영역을 걸어가는 것이 무엇보다 중요하다고 느꼈다.

두발 자전거를 배울 때, 우리 두 딸의 기질이 그대로 드러났다. 예은이는 '아빠가 뒤에서 잡아주니까 패달 밟아' 하면 아무 걱정 없이 앞만 바라보고 달렸다. 반면에 예영이는 '아빠 믿어' 해도 연신 고개를 뒤로 돌려 나를 확인했다. 장난 빼고 거짓말을 하지 않는 아빠임을 누구보다 잘 아는 두 딸인데 반응은 그렇게 극과 극이었다.

자전거 뒤를 잡아주며 아파트 단지 몇 바퀴 뛰어보면 온몸에 땀이 난다. 빨리 배우면 좋으련만, 아이들이 느끼는 달리는 자전거의 두려움은 모래판을 발로 디디는 두려움과는 차원이 다른 듯했다. 내가 지쳐 허덕일 때까지 자전거 뒤를 잡고 뛰게 만들고서야 혼자 탔다. 예은이가 그랬는데, 예영이는 그 다음날 내가 녹초가 되어서야 혼자 탔다.

예은이는 참 적극적이다. 보조바퀴 달린 자전거를 타다가 내가 두발자전거를 씽씽 타니까 멈춰 서서 부러운 듯 한참을 바라봤다. '보조바퀴 떼어줄까' 하자마자 기다렸다는 듯 '응' 했다. 바로 보조바퀴 떼어내고 자전거 뒤를 잡고 뛰었다. '아빠, 잡고 있지?' '물론이지' 하는 대화를 주고받고 내내 뛰었다. 두어 바퀴 돌면서 예은이가 제대로 핸들 조작을 하는지 살폈다. 제법이었다. 세 바퀴째는 간간히 손을 놓으며 뛰었다. '아빠, 잡고 있지?' 예은이가 계속 물었다. '물론이지.' 대답을 그렇게 하면서 제법 길게 손을 놓기도 했다. 네 바퀴째에 예은이가 신이 나서 물었다. '아빠, 잡고 있지?' '물론이지.' 그렇지만 나는 잡고 있지 않았다. 예은이가 바쁘게 패달을 밟으며 저 멀리서 물었다. '아빠, 잡고 있지?' 나는 대답할 수가 없었다. 이미 손을 놓은 지가 한참이고 예은이의 자전거는 저 멀리 있있다. 예은이가 또 물었다. '아빠, 잡고 있지?' 조그맣게 들렸다. 그리고 자전거의 앞머리가 내 앞으로 향했다. 녀석은 철석같이 아빠를 믿고 내내 달렸다. '아빠, 잡고 있지?' 대답이 없으면 확인이라도 하련만 녀석은 아빠가 지쳐서 그러려니 했던 모양이었다. 마침내 예은이의 두 눈이 홉떠졌다. 나하고 눈이 딱 마주쳐버렸다! 바로 자전거가 넘어갔다.

단순명쾌한 딸내미답게 아빠의 거짓말은 까맣게 잊었다. 자전거가 돌아온 한 바퀴를 죽 둘러보고 의기양양한 모습으로 자전거를 세우더니 혼자 탄다고 손도 못 대게 했다.

어린 예영이를 끼워 우리 셋은 신나게 자전거를 탔다. 마주 달리다 비껴갈 때 '하이 파이브'도 하고 경주도 했으며 새로운 자전거 길도 개척했다. 나는 그 과정에서 확실하게 알았다. '애들은 어른들하고 노는 걸 정말 좋아하는구나.'

애들은 움직이고 놀아야 한다는 생각에 나는 예은이 다섯 살 때 롤러스케이트를 가르쳤다. 애들은 금방 배운다. 하지만 불의의 사고도 있다. 아파트 현관 앞에서 롤러스케이트를 신고 미끄러져 잠깐 엉덩방아를 찧었는데 예은이 손목에 금이 갔다. 집사람 잔소리도 들었다. 왜 성급하게 탈 나이도 아닌데 롤러스케이트를 가르치냐고.

나는 롤러스케이트 대신 인라인스케이트를 샀다. 롤러스케이트를 좋아하는 예은이에게 그나마 덜 미끄러운 인라인스케이트는 괜찮겠다 싶어서였다. 내 것도 같이 샀다. 그리고 저녁시간이면 아빠와 딸은 아파트 단지를 돌며 '하이 파이브'에 열중했다. 딸과 함께 미끄러지고 경주하며 낄낄대는 그 놀이에 동네 아주머니들의 쏠리는 시선에도 부끄러움을 몰랐다. 딸과 함께라서인지는 몰라도, 추운 겨울에 얼음 위에서 타는 스케이트보다도 재미있었다.

예영이도 일찌감치 인라인스케이트를 탔다. 확실히 나이에 맞게 가르쳐야 한다. 예영이는 인라인스케이트의 무게를 감당하지 못해 자세가 엉성했고 이 엉성한 자세는 초등학교 진학 후에도 쉽게 고쳐지지 않았다.

밖으로 나가자 하는 아이들은 서로서로 준비물을 챙기고 아빠를 불렀다. 먼저 배드민턴 라켓은 큰딸이, 셔틀콕은 작은딸이 챙긴다. 인라인스케이트를 들고 나설 때도 있고 신고 나설 때도 있는데, 인라인스케이트를 들고 나서면 자전거 타기부터 해야 한다. 두 딸이 인라인스케이트를 신고 나서면 나도 인라인스케이트를 신고 두 대 자전거를 조종해서 나가야 한다. 큰딸이 커서 그나마 수고가 줄었다. 인라인스케이트를 신고 자전거 두 대 부리기 진짜 쉽지 않다. 엘리베이터에 두 대의 머리가 꼬여 질척거릴 때면 뒷바퀴가 엘리베이터 문에 걸리기 일쑤다. 요령을 터득하기 전까지, 아이들은 허둥거리는 아빠를 보며 많이도 웃었다.

이울려 자전거 타고 인라인스케이트 타다가 배드민턴 치고 또 자전거 몇 바퀴 돌고 하다 보면 시간은 훌쩍 간다. 인라인스케이트 타면서 넘어질 때 모양이 어땠다는 둥 떠들고 기차놀이 하면 내가 어른인가 싶을 만큼 치기어린 장난도 치게 된다. 아이들은 그걸 즐긴다. 그리고 기다린다. 아빠가 자기들보다 못한 모습을 보이며 엉덩방아 찧기를. 일부러 넘어

저준 적은 없지만, 실수를 하고 나도 아이들의 웃음을 보면 마냥 즐겁다.

　아이들하고 놀자고 마음먹으니 집안의 모든 것이 놀잇감이었다. 침대와 소파는 '던져버려' 놀이의 매트리스다. 두 팔로 어린 딸의 등을 받쳐 안아들고 위로 한껏 들었다가 죽 내리듯 하면서 소리만 겁을 주듯 '던져버려' 외치고 살짝 던져버린다. 이불은 '이웃집 놀이'의 벽이 된다. 이불을 뒤집어쓰고 옆집이 되어 서로 방문한다고 영역을 침범하고 그릇 빌리고 음식 빌리며 논다. 담요는 끌어서 넘어뜨리는 '미끄러지는 양탄자'고, 장롱은 숨바꼭질에 그만이다. 물론 소꿉놀이 재료는 소꿉놀이에 쓰인다. 쿠션과 베개는 그때 그때 쓰임이 많다.

　맨몸으로도 무지하게 놀았다. 예영이는 별로 좋아하지 않았는데, 예은이는 두 팔에 배를 받쳐들고 뛰는 비행기 놀이를 무척 좋아했다. 가끔 헬리콥터라고 두두두거리며 위로 아래로 들썩이면 뒤로 넘어가듯 웃어댔다. 누워 있는 애들한테는 '베개놀이'로 괴롭혔다. 배를 베고 누우면서 '베갠가' 하면 꿈틀거리고 '움직이는 베개네' 하면서 계속 달라붙어 귀찮게 하면 꼭 아빠 따라 자기들도 아빠 배를 베고 '베갠가' 한다.

　이젠 다 커서 이런 놀이도 끝났다. 놀이의 추억들이 남아 있는 소품들에서 가끔 옛 기억을 떠올린다. 이젠 기억으로밖에는 추억할 수 없다. 같이 놀았던 그 시간이 너무도 짧다. 뒤를 돌아보는 부모와 다르게 아이들은 추억보다는 미래를 바라본다 했던가. 그러나 우리 작은딸은 지금도, 자란 몸집에 어울리지 않게 아빠랑 놀았던 추억을 되새기며 할 수 있는 그때의 놀이를 한다. 여전히 즐겁지만, 그때만큼은 아니다. 내가 같이 놀고 즐거웠던 만큼 아이들이 각별하게 생각되는 것처럼, 아이들도 마찬가지일 듯하다.

　요즘 우리 가족은 서로가 좋아하는 영화와 노래 따위를 서로에게 '강요'하며 즐긴다. 특히 큰딸 예은이는 이 강요가 강한데, 재미있는 영화를 보고 오면 꼭 보라고 몇 번씩 다짐을 한다. 대부분 '12세 관람가'라서 어린 예영이만 비참하다. 한번은 친구들이랑 '12세 관람가' 영화 본다는 예영이 덕에 예은이가 표 예매하는 촌극도 있었다. 예영이가 '12세 관람가' 볼 수 있는 나이가 되기를 얼마나 기다렸는지 모른다. '저게 왜 12세야?' 만화영화나 드라마, 쇼 프로그램에서 위에 뜨는 관람가 나이를 두고 예영이는 심의위원회까지 비판하는 의식을 키워간다. 텔레비전을 볼 때면 '아빠, 엄마' 부르는 소리가 요란할 때가 있다. 두 딸이 텔레비전을 보다가 마음에 들면 그렇게 요란하게 부른다. 나도 내가 마음에 드는 드라마는 재방송까지 같이 보면서 아이들과 함께 하려 한다.
　노래는 더욱 심하다. 나는 차에서, 집사람은 거실의 음향기기로, 아이들은 이어폰을 들고 와서 내 귀에 꽂아주면서, 서로 좋아하는 노래를 들게 만든다. 서로의 호불호가 맞으면 좋고 아니면 아닌 대로 서로 이유를 나열하는 것도 좋다. 두 딸은 좋아하는 노래의 율동까지 따라하면서 애꿎은 아빠한테도 춤을 추라 부추긴다. 내가 점잔을 빼다가 나서서 한바탕 웃길 때도 있다. 이런 덕분에 모르는 '아이돌' 가수와 최신노래가 없다.

작은딸 예영이가 '내가 좋다고 하면 맨날 언니가 뺏어가' 하고 투덜대던 때가 있었다. 처음에 '샤이니'라는 그룹이 무명일 때 예영이가 좋다고 했다가 예은이가 그 멤버 중에 '종현'이와 결혼하고 싶다고 광팬이 되는 바람에 한 번 투덜거렸고, 다음으로 '포미닛'을 두고 샐쭉해했다. 어쨌거나 이런 '강요'의 시간이 지나자 서로의 감성이 비슷해짐을 느낀다. '샤이니' 멤버 중에 '키'는 나와 집사람이, '종현'은 예은이가, '태민'은 예영이가 특히 좋아한다. 샤이니가 음반을 내면 한동안 우리 집은 '샤이니' 소리로 가득하다. 텔레비전에 샤이니가 출연할 때마다 '우리 자식 같아' 하는 집사람의 소리가 전혀 어색하지 않다.

놀아주는 것은 부모와 딸의 관계가 전제된다. 하지만 놀이는 그 어떤 벽도 넘어서 동등한 인격체의 결합을 이루어주는 듯하다. 게임의 규칙 속에서 배려도 배우고 정서도 공유하면서 함께 삶을 영위하는 장을 만든다. 내가 소설가라는 직업을 가지고 가장 만족해하는 부분이 여기다. 다른 아버지들보다 훨씬 많이 아이들과 함께 할 수 있었던 물리적 시간

에다 직장의 스트레스에서 벗어나 아이들과 함께 할 수 있었던 시간, 그
것만큼 소중한 것이 없다.

나는 성인이 된 우리 딸들과 마주앉아 그때 그 노래를 들으며 추억할
수 있는 '과거'를 만들고 있다. 그 십 년 후를 바라보며 나는 오늘도 우리
딸들과 재미있게 놀기 위한 연구를 한다.

14

진짜 '문제 청소년'

며칠 전에 올해 대입 수험생이 친모를 살해하여 8개월 간 사체를 유기한 혐의로 구속되는 일이 있었다. 견디기 힘든 어머니의 성적 강요 때문에 발생한 범행이라고 한다. 그 이면의 자세한 동기를 파악할 수는 없지만, 어쨌거나, 성적을 강요할 수밖에 없었던 어머니나 그 폭력에 그대로 노출되었던 학생이나 이런 보도를 접해야 하는 대한민국 모든 이들에게 엄청나게 불행한 사건이다. 사체를 방치한 채로 모든 일상생활을 해왔다는 학생의 상태로 볼 때 단순한 존속살해의 사건을 넘어 '우리사회가 갈 때까지 갔다'는 생각이 든다.

이 소식을 접하고 제일 먼저 든 생각은 '오죽하면 그랬을까'였다. 그 학생이 어머니를 살해하기까지 겪어야 했던 무수한 자살충동이 그려졌다. 극복할 수 없는 갈등과 갈등의 연속선상에서 극한적 자해보다 더한 선택을 하게 한 요인이 무엇인지 궁금했다. 자살보다 어려운 친모살해와 사체유기를 행하면서 그 학생은 삶의 질곡에서 탈출할 수 있다고 믿지 않았을 것이다. 절망에 의한 절망적 선택일 뿐이었다. 이런 생각 속에서 나는, 떠들썩한 이 뉴스가 어느덧 대학입시에 묻혀 사라질 것이라는, 너무도 자연스럽게 연상되는 예측에 정말로 슬퍼졌다.

그 상황에서 정상적인 삶을 계속할 수 있었다는 것은 이미 그의 정신상태가 정상이 아니라는 말이다. 또 자식에게 살해충동을 현실화할 수 있게 한 친어머니도 정신상태가 정상은 아니다. 그리고 숱한 청소년 자살을 겪으면서도 이런 사건을 하나의 '우발적 사건' 정도로 취급하는 우리 사회도 또한 정신상태가 정상은 아니다. 무엇이 정상인지조차 이젠 헷갈린다.

　몇 달 전에 봉인사 주지로 계시는 적경 스님이 하신 말씀이 떠오른다.

　"선생님을 때리고 부모에게 욕해서 문제라고? 아닙니다. 그런 것 하지 않으면 우리 청소년들 많이 죽습니다. 그러니 선생님 때리고 부모에게 욕하는 거, 그거 얼마나 다행입니까."

　나는 진심으로 이 말씀에 공감했다. 공을 누르면 반발력이 생기듯, 인간을 향한 압박은 공격성을 만든다. 난순한 외부 폭력에도 공격성이 생기고 자존심을 무너뜨리는 폭력에는 강한 공격성이 생긴다. 우리 청소년들은 항시적으로 이 외부 폭력에 노출되어 있다. '너는 왜 공부를 못하니?' 하는 부모의 언어폭력부터 친구와 장난치는 모습조차도 못마땅한 눈초리로 째려보는 사회인식에 의한 폭력까지, 다양한 모습으로 드러난다. 이 외부 폭려은 '너희는 문제 청소녀들이야'라는, 청소년들의 자존을 부정하는 데서 출발한다. 촉발되는 공격성을 무마시켜줄 장치, 예를 들어 청소년들의 불만을 수용하는 사회인식이나 시스템이 전혀 없다. 그러므로 이러한 배경에서 촉발되는 청소년들의 공격성은 그대로 그 자신 또는 사회로 향한다. 사회를 향한 공격성의 표출로 청소년들의 공격성이 중화되지 않으면 결국 청소년들의 자살로 귀결될 수밖에 없다.

교육과학기술부 자료에 따르면, 재작년에 고교생 140명, 중학생 56명, 초등학생 6명이 스스로 목숨을 끊었다고 한다. 전년에 비해 47%가 늘어난 수치라 하니 증가세에 가슴이 서늘하다. 이런 극단적 선택을 한 학생들의 수치만으로도 놀라운데, 자살을 선택할 수 있는 잠재적 위험 청소년이 전체 학생 중 24%에 달한다는 통계는 할 말을 잊게 만든다. 세계일보의 기사에 따르면 교육과학기술부 지원을 받은 차명호 평택대 교육대학원장 연구팀이 작성한 '위기학생 실태조사 및 지원방안 연구' 보고서(2009년 10-11월 조사 보고)에는 '위기학생'이 약 177만 9871명으로 추정되며 이는 전체 학생의 23.9%에 해당하는 수치라고 명시되어 있다. 이 중에서 당장 자살을 결행할 수 있는 '고위기학생'이 전체 학생의 4.5%인 33만 5122명, 자살충동을 느끼고 있는 '준위기학생'이 전체 학생의 19.4%라고 한다.

도대체 어찌 된 사회일까? 꿈을 먹고 자라야 할 꿈나무들이 세 명 건너 한 명 꼴로 자살 충동을 느끼고 있단다.

앞에서 잠깐 서술한 대로, 우리나라 대학입시 위주의 교육제도는 일등 이외에는 열등감에 빠뜨리는 교육이다. 일등도 일등에서 밀려날 위험 때문에 늘 불안하다. 모든 학생들을 열등감에 빠뜨리고 불안감에 떨게 하는 현행 '경쟁'은 단 하나의 깃발을 향한 선착순 집합 때문에 빚어진다. 올림픽 종목도 수 십 가지인데, 인생을 결정짓는 초중고등교육의 전부가 대학입시 하나로 통일되어 있다. 공부 잘하는 게 유일한 경쟁의 잣대다. 공부를 못하면 경쟁에서 도태된다. 등수에 따른 선착순이기 때문에 어차피 상대적으로 등외가 나올 수밖에 없는데, 이 사회는 어떻게 된 노릇인지 이 등외에 대한 대책이 없다. 기껏 있는 대책이 '수많은 대학'이다. 이젠 대학 입학생 정원이 수험생 수를 넘어섰다고 한다. 결국 줄 서서 선착순으로 좋은 대학부터 안 좋은 대학으로 — 이것도 성적에 따른 것이다 — 나란히 배치 받는 모양새다. 적성과 능력에 따라 학교와 학과 선택? 말도 안 된다. 성적 따라 적성과 능력이 따라간다.

올림픽조직위원회가 이런 발표를 했다고 하자. '모든 종목을 불문하고 예선을 치른다. 예선은 200m 달리기, 여기 성적에 따라 종목을 할당받는다. 우승자에게 상금이 차별 지급되며, 예선 성적에 따라 우승상금 순으로 자동으로 종목을 배정받는다.' 만약 이런 공고가 있다면 그날로 올림픽은 끝이다. 그런데 우리의 입시는 어째서 아직도 여전히 이런 모양으로 유지될 수 있을까? 미스터리다. 혹자는 내신과 수능 성적에 따라 자기가 학교와 학과를 선택할 수 있다고 할 것이다. 과연 그런가! 'SKY'라 불리는 대학이 있고 '의대'가 있는데? 교장추천제나 입시사정관 제도가 있어서 고등학교 때 다양한 활동을 하면 좋은 대학 갈 수 있다! 몇몇

특기생 빼고 공부 못하는 몇이나 그렇게 좋은 대학 가는데?

　그런 말로 더 이상 우리 청소년들을 더 절망하게 만들지 않았으면 한다. 그냥 어른답게 솔직해지자. '공부 못하면 찌질이고, 우린 찌질이까지 신경 쓸 수 없단다.'

　불안은 미래에의 예측 불가능에서 온다. 고소공포증이나 대인공포증과 같은, 병증을 제외하고 모든 불안은 예측 불가능성이 원인이다. 수술 받는 환자는 수술이 어떻게 될지 몰라서 불안하고, 시험을 앞둔 수험생은 시험 결과가 어떻게 나올지 몰라 불안하고, 운전사 남편을 둔 아내는 불의의 사고가 날까봐 불안하다. 예측 가능한 불행은 불안이 아니라 절망이다. 감원 계획이 있는 회사에 다니는 가장은 해고의 불안을 느끼다 해고 사실을 아는 순간 불안이 아닌 절망을 느낀다.

　그렇기 때문에 경쟁 사회는 불안이 기본적으로 내재되어 있다. 경쟁은 실시간이며, 확실한 미래에의 보장이 없다. 예측 가능성을 높이려 통계를 동원해보지만 0.1% 라는 극악한 확률도 내게 닥치면 100% 가 되기에 역시 불안하기만 하다. 청소년들은 온전한 사회인으로서 자기 삶의 주체가 되지 못하므로 더욱 불안하다. 성적의 등락에 따라 인생이 변할 것 같은 불안을 겪는다. 지금 이대로 살다가 10년 후에 어떤 모습으로 살게 되는지 몰라 불안하다. 선택의 여지가 전혀 없어 보인다. '공부가 단가 어디. 열심히 살면 안 되겠어?' 하다가도 경쟁에서 밀려본 경험 때문에 전혀 자신이 없다. 자신 없는 친구들끼리 모여 위로하는 것이 유일한 불안 해결책이다. 그리고 '역시 안 돼' 하는 미래에의 자기 확신을 확인하는 순간, 절망한다. 모두 불안한 가운데, '공부 못하는' 우리 청소년들은 이제 불안을 넘어 절망에 가까워진다. 절망에서 희망으로의 전환은 정말 쉽지 않다. 절망하는 친구들끼리 어울려 서로를 위로할 수만 있다면 그건 이미 절망이 아닐지도 모른다. 이렇게 불안과 절망 속에서 살아가는 우리 청소년들은 자살이라는 극단적인 내적 자학, 부모와 선생님을 공격하는 외적 폭력, 우울증과 같은 정신병증, 이웃을 비롯한 모든 환경을 조소하는 비틀린 심성을 드러내게 된다.

나는 이런 청소년들의 상태가 지극히 당연하다고 생각한다. 이들이 '문제 청소년'이라고? 나는 지극히 정상적인 청소년이라고 확신한다. 이런 환경에서 자라면서 어떤 형태로든 일탈행위와 일탈적 사고를 하지 않는 청소년들이 과연 정상인지 묻고 싶다. 일등하기 위해 친구에게 시험 정보를 속이고, 엄마가 시기는 대로 학교에서 학원을 오 가고, 성적 잘 내게 하는 학원 선생님을 존경하고 학교 선생님을 경멸하며, 부모와 선생님의 말에 짜증 한 번 안 내고 '알겠습니다' 공손히 행동하는 이런 '모범 청소년'이 정말 정상일까. 나는 이런 청소년들이야말로 '문제 청소년'이라고 생각한다. 살아 있는 생명체로서 어떤 자극이 있으면 당연히 그에 따른 반응이 있어야 한다. 짜증도 폭력도 욕설도, 우리 청소년들의 자연스런 반응이다. 그것이 정상이다.

　청소년 문제는 청소년에 국한된 것이 아니라 가정과 연결되어 있다. '문제 청소년' 뒤에는 반드시 '문제 가정'이 있게 마련이다. 여기서 한 가지, 청소년 문제와 성인인 부모의 문제는 성격이 다르다. 청소년은 수동적인 존재이지만 부모는 능동적인 존재다. 청소년은 청소년이고 부모는 성인이다. 그러므로 청소년 문제를 부모 문제로 환원하는 것은 타당하나, 부모 문제를 청소년 문제로 바꿔치기하는 것은 옳지 않다.

　자식을 대하는 부모는 우선적으로 자신의 자녀가 경쟁의 우위에 서기를 바란다. 경쟁의 우위를 확보해야 자신과 같은 고통을 겪지 않는다고 경험은 가르쳐준다. 이런 간절한 바람은 자녀를 과소평가하는 경향과 함께 한다. 물가에 내놓기 두려운 부모의 심정이 그것이다. 아무리 봐도 생존경쟁에서 우위를 차지할 만한 심성과 능력이 잘 안 보인다. 비교 대상이 경쟁의 하위에 속한 애들이 아니고 늘 자녀의 상위에 있는 아이들이다. 이것이 자녀를 향한 불안의 시초이다. 어지간한 노력으로는 견뎌내기 힘들다고 판단한다. 그리하여 자녀들을 채근하게 되는데, 이 자녀의 미래에 대한 불확실성은 자녀의 노력에 비례하여 줄어드는 것이 아니다. 그런 까닭에 자녀의 어떤 노력에도 불만을 느끼게 되고, 더욱 강하게 채근한다.

부모들에게 IMF는 막연한 불안감이 현실로 닥쳐온 중요한 계기였다. 한 성인의 개별적인 불행이 아니라 거의 모두에게 일반적으로 다가온 위기였다. 마치 안전지대가 한순간 사라져버린 듯한 현실이었다. 8,90년대의 고도성장기가 이루어낸 성과가 하루아침에 붕괴되는 상실을 뼈저리게 느꼈다. 언제 일자리를 잃을지 모르는 불안은 최후의 보루로 생각했던 국가마저 믿을 수 없게 되면서 극에 달했다. 이젠 개인의 생존만이 남았을 뿐이었다. 그리하여 부모는 자녀들을 앞에 두고 네 생존을 위하여 경쟁의 우위에 서라고 절규한다.

위의 '청소년과 부모'의 문제에서 물론 예외가 있다. 부와 권력을 향유하는 집안이라면 미래에의 불안 요소가 현저히 적다. 내 얘기는 이런 가정을 애초 배제한다.

태어날 때부터 또는 개인의 노력으로 경쟁의 우위를 확보한 인사들은 이런 부모의 고충을 이해 못한다. 청년들을 항해 '중소기업의 일자리를 마다하고 대기업만 바라보니 문제다'고 한다. 청년실업의 문제가 청년들의 의식 때문에 빚어진다는 인식이다. 이 인식은 '청년들이 왜 대기업을 선호하고 중소기업을 회피하는가'에 대한 근본적인 접근이 전혀 없다.

대기업과 중소기업에 대한 사회의 인식이 격차가 매우 크다. 좋은 건 다 알지만 처지에 맞게 선택해야 하는 것처럼, 대기업 취업이 좋은 걸 알지만 다른 걸 선택해야만 하는 취업전쟁이다. 고졸의 아픔을 겪고, 중소기업 다니며 은행 문턱 높은 걸 경험하고, 기름밥 충분히 먹고, 맞선을 보고 결혼한 부모들이라면 '작은 기업이면 어때' 이런 얘기 쉽게 못한다. 아직 자녀의 가능성이 남아 있으니까. 대기업을 선호하는 사회적 인식은 이렇듯 사회 전반에 걸쳐 공고하다. 하지만 이것은 둘째 문제다.

사회 전반에 걸쳐 예측 불가능이 주는 불안이 팽배하다. 단적으로 하나의 사업이 수익을 내는 주기가 5년이라고 하는데 기술력의 발전과 세계화로 인하여 이 주기가 점점 단축되고 있다. 어떠한 사업이라도 5년 이상의 미래를 점칠 수 없다는 말이다. 이런 상황에서 기술력과 자본력이 약한 중소기업이 그 5년 후에 사업을 유지하리라라는 보장은 어디에도 없다. 아직까지 피부로 느끼지 못하는 한미FTA의 위협이 조만간 현실화할 것이라는 우려가 기우는 아니다. 위험이 클수록 안정성을 우선으로 꼽게 된다. 불안한 사회에서, 불안한 미래를 고민하고 있는 청년들이 불안한 중소기업을 선택하고픈 생각을 안 하는 게 맞다.

지금 청년들은 '찬 밥 더운 밥 가리게 됐나' 하는 처지다. 청년들은 보를 만든다고 물을 빼고 물막이 공사를 한 후 보에 물이 차기를 기다리는 심정일 것이다. 보의 수문이 열려야 물이 흐를 텐데 물이 차오를 기미가 안 보인다. IMF로 일어난 대규모 실직은 일자리를 지킨 사람들이 건재하고 이젠 젊음만으로는 안 된다며 경험을 중시하자 하면서 모두 정년을 채울 기세다. '사오정'을 외치더니 40대가 정년까지 가는 정년연장의 효과가 나타나는 것이다. 그렇다고 다른 물줄기가 합류하는 것도 아니다. 계속되는 불황으로 업종 자체가 늘어나질 않는다. 게다가 고령화 사회는 고령의 산업예비군을 양산해 청년들의 일자리를 압박한다. 청년들은 이제 '찬밥이 뭔지 더운밥이 뭔지' 모르는 처지가 되었다.

'있는 집안'은 알 수 없는 얘기들이다. 가문의 사회적 명성에 걸맞게 공부 좀 잘하라고 하는 이들이 어찌 이런 생존의 몸부림을 알까.

'너희들 의식이 문제야' 하기 이전에 우리 청년들이 처한 현실을 먼저 살펴주어야 한다. 청소년들의 경쟁은 청년의 문제 나아가 성인의 문제에 연결되어 있다. 개인이 나서 단편적으로 청소년과 청년을 위한 프로그램을 가동한다고 달라지는 건 없다. 몇몇 깨어 있는 대학생들이 현행 교육제도에 반기를 들며 대학 자퇴를 감행하고 있는 현실에서 우리 사회가 끼느냐 못 끼느냐에 따라 이들의 작은 노력이 사회변화의 단초가 되느냐 치기 어린 몸짓이 되느냐 결정될 것이다. 이들의 용기 있는 노력에 박수를 치면서도 나는 기뻐하지 못했다. 남은 빚이 너무 크다. 우리 딸들을 바라보며 그 빚을 다시 확인한다.

자라나는 우리 딸들을 바라보면서 그 얼굴에서 대한민국의 청소년을 읽는다. 우리 딸들이 원하는 것을 하고 원하지 않는 것을 강요하는 부당한 현실에 저항할 수 있었으면 좋겠다. 그러기 위하여 나는 경쟁의 원리가 만들어내는 불안을 제거해주어야겠다고 결심한다. 오늘 아침, 큰딸 예은이가 졸린 눈을 다 뜨지 못한 채 불쑥 낸 짜증을 마주하고 '그렇게라도 해야지' 하고 묵묵히 웃어주어야 했던 현실이 서글프다.

국가는 모든 국민의 보험이 되었으면 좋겠다. 그 길만이 미래에의 불안을 감소시킬 수 있다. 국가가 '있는 사람들'의 보험이 되면 다수의 국민들은 극도로 불안해진다. 한편으로 개인과 가족을 뛰어넘어, 지역을 기반으로 하는 공동체적 삶을 모색하려 한다. 우리 아이들의 상큼한 웃음소리가 온 동네를 가득 채우길 소망하며 오늘도 전의를 불태운다.

15

청소년을 위한 장기(長期) 지역민 멘토링 시스템

청소년에 국한된 '위기 청소년을 위한 제도'는 청소년 문제의 본질에 접근하지 못한다. 가정 문제와 사회 구조가 이대로 존속하는 한, 청소년들을 향한 어떤 시스템도 그 자체의 효과를 기대할 수 없다. 청소년을 위한 전문가의 상담도 '커뮤니케이션 되는 하나의 어른'을 만나고 끝나는 비연속성의 조치일 뿐이다. 청소년 쉼터 등도 청소년들에게 일시적인 안정을 제공해줄 뿐 근본적인 변화를 기대하는 사업이 될 수 없다. 결국 청소년 문제는 청소년 문제가 아닌, 사회문제다. 가출하고 학교를 벗어나 방황하다 원래의 자리로 돌아가는 대부분의 학생들이 반복해서 가출과 자퇴 또는 퇴학을 맞게 되는 현실은 이를 잘 말해준다.

'위기 가정'을 바로잡기란 지극히 난망하다. 그러므로 구호만으로 '위기 가정'을 바로잡아 청소년 문제를 해결하자는 것은 청소년 문제를 방치하자는 말과 같다. 따라서 청소년 문제에 대한 사회적 합의와 노력을 통해 가정의 문제도 개선해야 한다. 청소년 문제를 관심 있게 지켜보면, 가정의 문제가 해결되어 위기 청소년이 일반적인 청소년으로 탈바꿈하는 경우는 극히 적으나 청소년 문제를 매개로 가정의 변화가 일어나는 경우는 상당히 많다.

우리 딸들의 성장을 바라보면서 우리 지역 교육의 문제를 심각하게 느꼈다. 중학교에 진학하는 작은딸이 '문제 중학교'를 짚어내며 1지망, 2

지망 선택에 어려움을 겪었다. 큰딸은 시험보고 들어가는 구리의 삼육 중학교에 진학하고 친구 따라 그 고등학교로 올라갔는데 작은딸도 시험 보겠다 하더니 떨어졌다. 집사람이 청소년 동반자 일을 함에 따라 지역 청소년 문제를 많이 듣는다. 그런 과정에서 몇 년 전부터 뭔가 새롭게 교 육환경을 개선해야겠다는 생각을 했다. 지역 사회가 유기적으로 공동체 적 관계를 형성하면 입시교육과는 또 다른 유형의 교육을 해낼 수 있지 않을까 하는 막연한 생각을 지역사회와 결합시켜 구체화했다.

아래는 우리 남양주시의 주민들 중, 청소년 문제에 관심을 보이는 분 들을 대상으로 제안한 내용이다. 개인적으로 청소년 멘토링 일을 하시 는 분들도 있었다. 그리고 이 제안서를 보신 모는 분늘이 '이렇게 되면 참 좋겠다'고 제안 내용에 동의해주셨다. 적극적으로 나서시는 분들도 있 었다. 참 고무적이었다. 대한민국이 이런 청소년 시스템을 갖추면 모든 청소년 문제를 해결할 수는 없겠지만, 적어도 지금의 이런 극악한 청소 년 현실에서는 벗어날 수 있으리라 생각한다.

- 청소년들을, 가정과 학교가 아닌 지역사회가 책임지자 -
【청소년을 위한 장기(長期) 지역민 멘토링 시스템】
설립을 제안합니다

◉ 제안 배경 - 우리 시 청소년의 현주소

-. 붕괴되는 제도권(학교) 교육

우리 남양주시 중고등학교 학생들의 학업 성취도는 수도권 학생이라는 말이 무색하게 전국적으로 낮은 수준입니다. 이의 원인으로는 첫째, 학생들의 다양한 지적 욕구를 충족시켜줄 박물관이나 학술기관의 부재 등의 교육 인프라 부재, 둘째, 서울이나 구리시 등과 비교하여 상대적으로 낮은 소득 수준으로 인한 전문 사교육 시장의 위축, 셋째, 교육 수준의 향상을 꾀할 수 있는 학부모와 지역민의 교육 및 교육행정 감시 등과 같은 참여 열의 부족, 넷째, 상대적으로 낮은 부모의 교육 수준에 의한 가정에서의 학습 동기 부여 실패 등을 꼽을 수 있습니다. 사회의 교육 인프라와 가정의 교육 지원의 수준이 낮은 현실에서 학생들의 우수한 성적을 기대하기는 불가능합니다. 지역 사회의 학습 분위기가 조성되지 못한 가운데서 일부 성적 우수자를 겨냥한 교육 정책은 한계를 갖게 됩니다. 사교육 열풍지인 대치동을 두고 우수한 사교육 시장이 우수한 학생 성적을 낳는다고 착각할 만 합니다만, 실재로 대치동의 높은 학업 성취도는 대치동 학생들의 공부 분위기가 무엇보다 큽니다. 그 지역 사회가 공부하는 분위기인가 노는 분위기인가에 따라 전체 지역 학생들의 학업 성취도가 갈린다고 보아도 좋습니다.

'학생 성적은 학부모의 지적 수준과 경제적 수준에 비례한다'는 명제는 이미 교육계에서 정설로 받아들여집니다. 이를 극복하기 위해서는 제도권 교육이 교육 전반을 책임져야 하는데, 우리나라는 사교육 시장의 비대화로 말미암아 이 또한 쉽지 않습니다. 우리 지역사회도 마찬가지입니다. 우리 시의 학생 교육 수준의 저하 원인을 밝혔습니다만, 우리 시는 타 지역보다 공교육 강화가 더 어려운 실정입니다.

오히려 우리 시는 공교육이 붕괴되는 조짐이 보입니다. 고등학교 비평준화 지역임에 따라 동화고등학교나 인창고등학교 등 학력 우수자가 진학한 소수의 고등학교를 제외하고 대다수 고등학교는 수업의 방향성을 상실할 수밖에 없습니다. 현재 고등학교 교육이 대학입시를 전제로 함을 감안하면 당연한 귀결입니다. 인권조례의 발효로 학생들의 통제마저 쉽지 않은 교육 현장은 제도교육의 붕괴를 가속화할 것입니다.

현행 제도교육이 감당하지 못하는 '문제학생'의 수가 급증할 것이고 이 학생들은 학교에서 거리로 쫓겨날 것입니다. 이 학생들은 학업의 의미도, 인생의 꿈도 잃은 채 범법에 노출되고 맙니다. 맘 편히 의탁할 부모가 없는 '문제가정'의 자녀들부터 시작되겠지만, 이의 확산은 학교에서 또는 공원에서 매우 급속도로 진행될 것입니다.

-. 지역 사회의 무관심이 멍든 청소년의 가슴을 더욱 퍼렇게 만든다

위에서 우리 지역 학생들이 왜 학업 성취도가 낮은지 밝혔듯이, 현행 대입 위주의 교육으로는 우리 지역 학생들의 문제를 접근할 수 없습니다. 일부 특출난 학생들을 대상으로 하는 대입 위주의 교육은 대다수 학생들에게 좌절감과 열등감만을 증폭시켜 '문제학생'을 양산하는 요인이 될 가능성이 큽니다. 더불어 '너는 왜 그 모양이냐'는 질책도 유효하지 않습니다. 낮은 성적과 미래에의 인색한 투자를 학생 개인에게 떠안길 수 없는 가정과 사회의 조건이 존재하기 때문입니다.

신규 아파트 단지를 제외하고, 우리 지역의 많은 학생들은 따뜻한 가정이라는 '비빌 언덕'조차 갖지 못합니다. 어린 나이에 '나는 어떤 존재인가' 하는 비참한 문제의식을 가질 수밖에 없습니다. 구체적인 해답에 접근하지도 못한 채 문제의식을 떠안고 시간을 보내다, 결국 주위의 따가운 눈총 속에서 반사회적 정서만을 키워가게 됩니다.

기성세대는 '문제청소년'에 대해 '걔네들은 이미 꿈을 포기했다'는 편견을 갖고 있습니다. 꿈이 있다면 그럴 수 없다는 논리입니다. 그러나 엄밀하게 따져보면 우리의 '문제청소년'은 꿈을 잃어버린 것이 아니라 꿈과 현실의 괴리 속에서 괴로워하고 있습니다. 아무리 꿈을 가져도 그것이 꿈에 그칠 수밖에 없는 현실 조건 때문에 좌절하고, 그러면서 십 년 후의 자기 모습을 그려보며 불안에 떨고 있는 것입니다. 어쩌면

자포자기를 통해 그 미래에의 불안을 떨쳐보려 하는지도 모릅니다.

'문제청소년' 뒤에는 반드시 '문제 가정'이 있습니다. '문제청소년' 의 주요한 원인이 '문제 가정'이라는 결론입니다. 그러므로 청소년만 을 상대로 하는 어떤 프로그램도 단기적 성과에 머물 수밖에 없습니다. 상담을 통해 '문제청소년'을 계도한다 해도 다시 집으로 돌아가면 '문제청소년'이 되게 만드는 그 요인이 그대로인 한 여전히 '문제청소년' 으로 회귀하고야 맙니다.

'잠재적인 문제청소년'의 문제도, 마찬가지로, 청소년 개인과 가정 에 맡겨두어서는 아무런 해결점을 찾을 수 없습니다. 이미 대학을 포 기한 학생들이 대입을 위한 학교 교실에 앉아 하루의 대부분을 보내 고 집으로 돌아가서는 부모의 잔소리와 따가운 눈총을 받는 반복되는 일상 속에서 살고 있습니다. 아무도 '네가 좋아하는 것이 무엇이냐'고 묻지 않고 '어떤 직업을 갖고 싶으냐' 관심 가져주지 않습니다. 어른들 의 다그침과 질책 속에서 우리 청소년들은 '꿈을 꾸는 방법'조차 잊게 되고, 미래에의 두려움에 더욱 일탈 속으로 빠져듭니다

-. 가정이 아닌, 지역 사회가 청소년들을 포용하자

교육 인프라가 부족한 우리 지역 사회가 어떻게 청소년들을 담보 할 수 있을까 고민함에 앞서, 대학입시 교육이 교육의 전부인가를 먼

저 고민해야 합니다. 학생 평가가 성적으로 이루어지는 오늘날, 지역 사회의 교육 수준도 성적으로 평가될 터인데 무슨 말인가 하시겠지만, 앞서 지적한 대로 우리 시의 청소년들은 이미 성적에 있어서는 많은 부분 경쟁력을 상실했습니다. 무엇보다 중요한 것은 우리가 왜 우리 자녀들을 성적에 매여 살게 하는가에 대한 반성입니다. 한평생 자기 하고 싶은 일을 하며 훌륭한 사회인으로 생활하고 자기 직업에 자긍심을 갖고 산다면 좋은 대학 졸업장은 별 문제가 되지 않습니다. 성적에 매이는 이유는 현행 사회가 대학을 나와야 그나마 대접도 받고 직업도 가질 수 있기 때문입니다.

[청소년을 위한 지역민 멘토링 시스템]은 청소년들이 지역의 주요한 일원으로 행복하게 살아갈 수 있도록 하는 장기 시스템입니다. 처음 시작은 방황하는 청소년을 중심으로 시작하겠지만, 현행 교육 시스템에 문제의식을 가지고 자신의 삶을 개척하려는 능동적인 청소년으로 확대해갑니다.

이 시스템은 비단 청소년만을 위한 것이 아닙니다. 청소년과 지역민의 결합을 통하여 지역 사회의 커뮤니티를 활성화하고 지역의 삶의 기반을 공고히 하는 역할을 합니다.

◉ 【청소년을 위한 지역민 멘토링 시스템】이란 무엇인가

'청소년과 지역민의 결합'을 구조화하는 것입니다.

예를 들어 한 '문제청소년'이 연예인이 되고 싶은 욕구가 있다 가정합니다. 청소년의 그 욕구를 적극적으로 발현할 수 있도록 지역민 중 연예기획사 관계자 혹은 연예계 인사가 그 청소년의 멘토가 되어 소질계발과 이후 연예계 데뷔까지 돌보게 됩니다. 이는 비단 개인과 개인의 일대일 관계가 아니라, 지역 사회 전반의 영역별 역량이 이를 지원하는 시스템입니다. 이를 위하여 멘토를 담당하는 지역민은 영역별로 멘토링 그룹을 활성화해야 합니다. 이 그룹은 향후 청소년의 사회진출 이후 성인이 된 청소년을 멘토링 성원으로 하며, 결국 이 시스템은 항구적인 확대재생산 구조를 갖게 됩니다.

◉ 【청소년을 위한 지역민 멘토링 시스템】을 위한 전제

-. 특성화 교육이 가능한가

청소년늘이 자신의 소질과 직성에 믲는 비제도권 교육에 관심이 있는가를 따져봐야 합니다. 사실 지금까지 우리 청소년들은 학교 교육 이외의 교육은 생각해본 적도 없기 때문에 당장 이에 대한 호불호를 표현할 수는 없을 것입니다. 그러나 자신이 하고 싶은 일을 배우는데다가 그 일을 직업으로 삼을 수 있다는 확신이 있다면 이러한 공부

는 시간이 갈수록 재미가 늘어나는 일임에 분명합니다.

청소년들의 소질과 적성을 고려하여 그들이 원하는 내용의 교육이 가능한가 하는 문제를 고려해봐야 합니다. 제한된 장소에서의 교육이라면 문제가 됩니다. 청소년들의 요구가 워낙 다양하기 때문입니다. 시스템에 속한 청소년들이 요리, 가구공예, 도자기 공예 등을 각자 희망한다 하면 하나의 공간에서 해결할 수 없습니다. 그러므로 이 시스템의 정착을 위해서는 다양한 채널을 통해 협력기관을 확보해야 합니다.

초기에 청소년 부모의 강력한 반대에 직면할 위험이 있습니다. 대학입시 공부를 포기하는 자녀를 원하는 부모는 없기 때문입니다. 멘토링 그룹의 활성화와 더불어 협력 단체(기관)의 적극적인 개입이 필요합니다.

-. 지역민의 인적 역량을 활용할 수 있는가

청소년들의 특성화 교육을 담당할 지역의 인적 역량이 존재하는가와 그 인적 자원이 청소년의 멘토역을 받아들일 것인가 하는 문제입니다.

우리 시는 여느 지역과 마찬가지로 대부분의 직종을 망라하는 인적 자원이 있을 것입니다. 과제는 지역 사회에 기여하고자 하는 인적 자원을 어떻게 지속적으로 발굴하느냐입니다. 이를 위하여 상당한 준비 기간과 작업이 필요합니다.

지역민이 멘토역을 수용할까 하는 문제도 있습니다. 바쁜 현실의 압박 때문에 이런 부담을 쉽게 받아들이기 힘들 것입니다. 그러나 삶의 공간에서 친분 그룹을 형성하고자 하는 욕구는 기본이기 때문에 금전적, 시간적 부담이 적다면 참여에 소극적이지만은 않을 것입니다. 몇 년 전, 언론인 출신의 지역민 얘기를 들은 기억이 납니다. 신문사에서 기자로 근무하다 퇴직한 인사가 지역 사회에 기여하고자 하는 마음으로 중고등학교 여러 곳에 '학생들에게 언론에 관한 특별 강좌를 하고 싶다'는 편지를 보냈다고 합니다. 무료 강좌이기 때문에 학생들의 견문을 넓혀준다는 의미에서 긍정적인 대답을 기대하고 있었는데 시간이 가도 답변이 없다고 했습니다. 전화로 문의하여 '직접적으로 학업에 도움이 되지 않는 강좌는 곤란하다'는 한 학교의 답변을 듣고는 사회 기여에의 소망을 접었다고 합니다. 비단 이 예만 있는 건 아닐 것입니다. 무언가 하고 싶으나 누군가가 나서서 길잡이 해주지 않는 한 선뜻 발을 들여놓기가 힘듭니다. 큰 부담이 없다면 의미 있는 일에 발을 뺄 사람은 많지 않을 것입니다.

-. 재정 문제는 어떻게 해결해야 하는가

초기에는 악기나 강의실 등을 마련하기 위한 비용이 크리라 예상합니다. 초기 비용 이외에, 기본 운영비를 제외하고 강사료 등의 유지비용은 발생하지 않습니다. 재료비 등은 청소년과 시스템이 분담하게 될 것인데 이 또한 크지 않습니다.

이 시스템이 활성화되면 지역민의 자발적인 기부로 자금 조성이 가능하겠지만, 초기에는 전적으로 관에 의지할 수밖에 없습니다.

-. 전문 인력은 필요한가

청소년 상담과 청소년 복지를 담당하는 전문 인력이 필요합니다. 청소년을 위한 시스템을 장기적으로 설계하고 시시때때로 발생할 청소년의 위험 상태에 대처하기 위해서입니다.

◉ 【청소년을 위한 지역민 멘토링 시스템】의 효과

-. '청소년들이 가장 행복한 도시'는 '가장 성적이 좋은 도시'보다 훨씬 매력적입니다. 전국적으로 모범이 될 것이며, 청소년을 위한 도시로서의 전형으로 우뚝 설 것입니다.

-. 지역민의 커뮤니티가 장기적, 안정적으로 이루어짐으로써 지역 민주주의가 정착될 것입니다. 이 시스템에 따른 멘토링 그룹은 직능

별, 연령별, 거주지별로 광범위한 성원을 갖게 되며, 청소년의 멘토라
는 명분과 지역 사회에 기여한다는 내적 자부심 등이 작동하여 적극
적인 현실참여 그룹이 됩니다. 대를 물려 이어지는 이 시스템은 한 번
잘 정착되면 확대재생산되는 자체 동력을 갖습니다.

　-. '문제청소년'이 되는 원인을 지역 사회가 제거함으로써 이는 곧
가정의 화목으로 이어져 '행복한 가정의 도시'가 됩니다.

　-. 지역의 공동체 형성을 위한 기초가 마련됨으로써 익명사회가 갖
는 문제점을 해결할 수 있습니다. 지역 청소년을 내 자녀같이 대하는
시스템의 정착은 파편화된 현대인의 소외를 해소해주고 과도한 경쟁
이 주는 생존의 위협과 일상의 스트레스를 상당부분 해소시켜 줄 것
입니다.

　-. 지역의 교육 시스템에서 성장한 청소년이 성인이 되어 지역의 사
회 구성원이 됨으로써 그들은 애향심에 기반하여 지역 발전의 주역이
됩니다.

　⊙ 【청소년을 위한 지역민 멘토링 시스템】을 위한 필요조건
　-. 장기적인 시스템인 만큼, 정치색을 배제해야 합니다.
　특정 정파의 이해를 따르는 것이 아니라 지역민의 이해에 절대적
으로 귀속되어야 합니다. 이를 위하여 정치적 갈등을 배제할 수 있는

원로그룹을 구성해야 합니다. 더불어 모든 정치인 또는 준정치인은 후원의 역할에 머물러야 합니다.

-. 지역의 모든 단체와 충분히 협의해야 합니다.

이 시스템의 성공 여부는 얼마나 많은 지역의 단체가 자발적으로 참여하는가에 달렸습니다. 자율방범대부터 모든 조기축구회, 각 학교부터 청소년 기관까지, 이 시스템의 의미와 활동 방향, 내용 등을 공유하고 그 단체들이 어떻게 참여할 수 있을지 자발성을 갖고 고민하도록 유도해야 합니다.

-. 청소년들의 요구에 맞는 시설을 갖추어야 합니다.

문화센터 형식의 공간부터, 밴드를 할 수 있는 악기에 클래식 악기까지, 대형 전면 거울이 있는 댄스 교실과 인문 강의를 할 수 있는 강의실, 전문 그래픽 작업을 할 수 있는 컴퓨터 시스템, 그림과 만화를 그릴 수 있는 화구 등등이 갖추어져야 합니다. 이 준비는 멘토링 그룹의 구성에 따라 각 그룹의 요구에 따르면 됩니다.

◉ 【청소년을 위한 지역민 멘토링 시스템】의 영역 구성

-. 인문강좌 - 학교 교육에서 벗어난 청소년을 교육 : 교양 교육 등

-. 문화마당 - 대중음악, 댄스 : 문학 감상 : 오케스트라, 뮤지컬 :
　　　　　연극 : 풍물 : 국악 등

-. 창작교실 - 서양화, 동양화, 만화, 문학(시, 소설, 동화, 수필 등),
　　작곡, 공예, 응용미술 등

-. 직능강좌 - 이미용, 제과제빵, 화장 및 네일아트, 코디, IT 기능,
　　출판, 컴퓨터 편집, 요리 등

-. 특기교육 - 연예 : 바둑, 태권도, 검도, 유도, 구기 스포츠 등

-. 종교교실

이상의 각 영역은 전시회, 공연회, 출판, 아트 쇼 등과 같은 형식으로 결과를 발표하는 기회를 갖습니다.

사랑의 기술(技術)을 다룬 격언들은 많다. 스킨십을 자주 해라, 칭찬은 고래도 춤추게 한다, 같이 하는 시공을 넓혀 추억을 만들어라, 이야기를 잘 들어라, 선물을 자주 하라……. 비틀린 사회일수록 당연한 말들이 활개 친다. '윗물이 맑아야 아랫물이 맑다'는 말이 자주 입에 오르내리는 사회는 '윗물'이 더러운 비틀린 사회다. 사랑의 기술을 다룬 격언들만큼 당연한 말도 없으니, 이런 사랑의 기술을 강조하는 우리 사회는 분명 사랑의 방식이 뒤틀린 사회다. 그리고 '사랑의 기술'에 집착하는 건 '사랑'의 부족 때문이다. 주제가 불분명한 글일수록 현란한 수사에 집중하고, 내면적인 아름다움을 간직하지 못한 사람들이 외양에 신경 쓰는 이유와 같다. 결론적으로 우리 사회에서 관계의 비틀림은 '사랑의 기술'이 아닌, '사랑'에 관계된 문제이다.

펌프에서 물을 뽑아 쓰기 위해서는 한 바가지의 마중물이 필요하다. 아무리 많은 지하수라도 마중물 한 바가지가 없으면 땅 밑에 고인 물일 뿐이다. 마중물 없이 펌프질의 기술을 가르친다고 해봐야 헛된 일이다. 만약 이런 헛된 노력을 계속하는 사람이 있다면 그 사람은 물을 퍼 올릴 생각이 애초 없는 사람일 게다. 쉽게 펌프를 포기하고 펌프 옆에 우물을 파는 사람도 있을 것이다. 얼마나 파야 물이 나올지, 물이 진짜 나오는지 알 바 아니다. 오로지 넘치는 물이 필요하다는 집착 하나로 우물을 판다. 마중물 한 바가지보다 그쪽이 낫다고 생각하는지는 모른다. 다만 그것이 자기 방식이라고 믿고 옳다고 우긴다.

부모자식 간의 사랑도 펌프와 같다고 생각한다. 이미 생물학적으로나 생활환경에 있어서 펌프와 같은 조건이 만들어져 있다. 서로를 위한 진정한 마음 한 조각이면 서로를 적셔줄 물이 넘치도록 쏟아질 것이다. 그런데도 우리는 마음 한 조각보다는 헛된 펌프질에 열중하고 있는 건 아닐까. 아니면 부모자식 사이의 근본문제가 다른 데 있다고 엄한 곳을 파고 있는 것은 아닐까.

아이들의 요구는 어찌 보면 단순하다. 이해해주고 신뢰해달라는 것이다. 이해한 대로 해달라 또는 믿는 만큼 도와달라는 요구가 아니다. 그리고 아이들은 정말 '이해'하지 못한다. 단순히, 아주 단순히, 그저 '이해'만 해달라는데 그것도 안 해주나! 선거 때만 되면 복지시설을 찾는 정치인들이 '나는 당신을 사랑합니다' 하는 그런 위선을 부모에게서 똑같이 본다. 그리고 아이들은 속으로 외친다. '사랑하지 마세요, 제발!'

나는 이 글을 쓰기 전에 이렇게 다짐했다. "우리 딸들을 사랑하지 말자!" 사랑의 이름으로 행해지는 모든 위선, 모든 권위를 떨쳐내고 싶었다. 한발 물러서서 냉정하게 '이해와 신뢰'를 생각하기로 했다. 그리고 이제 이 글을 마감하면서 다시금 확인한다. 사랑이 먼 것은 기술이 부족해서가 아니라 사랑을 모르는 부모의 마음에 있다. 사랑하는 마음만 있다면 마주한 얼굴을 비비고 싶고 뽀뽀하고 싶은 건 당연하다. 그냥 칭찬이 나오고 자녀가 말만 하면 귀가 열린다. 무슨 기술이 필요할까.

한 발 물러서서 자녀들을 생각하면 내 자녀와 이웃의 자녀가 같이 보인다. 사랑이 집착일 때 내 아이만 보이던 편협했던 눈이 뜨인다. 내 아이가 행복하기 위해서는 친구들이 행복해야 하고, 친구들이 행복하기 위해서는 대한민국의 청소년이 행복해야 한다. 나는 대한민국의 미래를 짊어질 청소년들이 훌륭한 인재로 커야 한다는 생각은 별로 하지 않는다. 우리 딸들이 행복하기 위하여 우리 청소년들이 행복해야 하고, 그렇게 될 수 있다면 우리나라의 미래는 당연히 밝다고 확신한다.

그리하여 나는 오늘도 속으로 외친다.

"우리 아이들을 사랑하지 말자!"

우리 맏딸 예은이는 밤하늘을 바라보려 하지 않는다.
밤하늘의 별을 바라보면 슬프단다.
그리스 신화에서 모든 별자리가 슬픈 내력을 지녔다는 설명이다.
나는 이 여린 심성을 사랑한다.
별자리를 외면하는 그 심성만큼이나 주위의 아픔을 함께 할 것이다.
'동행'이나 '인간극장' 같은 프로그램을 꼭 챙겨보며
등장인물과 함께 울어대는 우리 딸은 분명
그런 어른이 될 것이다.

별

김예은

어둡고 외로운 곳
끝이 보이지 않는 어둠 속
나는 홀로 떨어졌다.

시간조차 망각할 무한의 인내

한줄기 빛이란

눈물이 빚어낸

나른한 아픔

떨어져 내리는 눈물을 부둥켜안고

또다시 눈물짓는

애처러운 몸짓

아하~

저 멀리

나와 함께 눈물을 부둥켜안은

숱한 빛무리들

(삼육고등학교 시화전 대상)

작년에 작은딸 예영이가 쓴 동시이다.

글의 완성도는 몰라도, 발상이 참 재밌다.

예영이가 자기가 쓴 글을 보여줄 때마다

나는 탄성을 토해낼 만큼 놀란다.

어른의 틀에 박힌 생각 범위를 넘어서

자신만의 독특한 시각을 지니고 있는 우리 딸,

이 기발한 발상들을 쭉 가져가기를 기대한다.

신호등

김예영 (창현초등학교 5학년)

변덕쟁이 신호등,

화가 나 열이 날 땐 빨강

우리에게 주의를 줄 땐 주황

천사보다 착해질 땐 초록

변덕쟁이가 주의줄 때

안 멈추면 화가 나

빠알개지는 변덕쟁이

하지만 하늘에 걸려 있는
변덕쟁이가 화 나 있을 때
기둥에 매달린
키 작은 변덕쟁이는
천사같이 착해지지요

변덕쟁이가 화나 있을 때
안 멈추면요!
변덕쟁이 대신 자동차들이
소리친대요

자녀의 동반자, 그 '철없는' 부모가 들려주는 잔잔한 감동

김동춘 (성공회대 사회과학부 교수)

이 책에서는 가난하지만 시간이 많은 소설가 아빠가 딸들과 부대끼면서 놀아주는 모습이 그림처럼 그려지고 있다. 물론 시간이 많다고 해서 모든 아빠들이 아들, 딸들과 집안의 모든 소품들을 놀거리로 삼아서 이렇게 놀아주지는 않는다. 그래서 예은, 예영 두 딸의 아빠인 김지용 작가는 딸을 키우면서 자신도 크는, 가르치지 않고 가르치며, 가르치면서 배우는 우리시대의 가장 이상적인 아빠다. 그래서 이렇게 아이들과 놀아주지 못한 나로서는 이 글을 읽으면서 스스로를 반성했고, 그가 부러웠다. 사실 우리사회에는 '철들지 않은' 아빠, 엄마가 얼마나 많은가? 그리고 이런 아빠, 엄마가 오늘도 아이들에게 얼마나 큰 상처를 주고 있으며, 자식들에게 상처를 주면서도 자신은 잘 가르치고 있다고 착각하고 있지 않는가?

　김지용 작가처럼 세칭 '일류대학'을 나온 부모들이 자기 경험을 강요하지 않고, 자식들을 있는 그대로의 모습으로 봐주면서 그들이 자신의 소질대로 잘 자랄 수 있도록 환경을 만들어주는 일은 참으로 어려운 일이다. 최근 우리사회를 떠들썩하게 한 사건, 일등 노이로제에 걸린 자식의 어머니 살해사건은 바로 이 책에서 지적한 사실을 제대로 지키지 않았던 부모세대의 비극이었다. 부모들은 자식을 사랑한다고 말하지만, 사실은 자신의 부족한 부분을 메우기 위해 자식을 활용하는 경우는 얼마나 많은가? 그리고 지신의 경험에 비추어 자신들에게 공부를 닦달하고 일등이 되라고 압박하는 부모는 얼마나 많은가? 그러한 압박을 견디지 못한 청소년들이 죽음이라는 극단적 선택을 하고 있지 않는가? 작가의 말대로 부모가 마지막 안식처의 역할을 해주지 않는다면 아이들의 갈 곳은 없는 셈이다.

　교육은 아이들이 자신의 잠재력을 스스로 발견해서 문제를 해결할 수 있도록 환경을 만들어주는 일이다. 부모가 운전사의 역할을 해서는 안 된다. 부모는 아이들이 자기 인생의 운전사가 될 수 있도록 도와주어야 한다. 아이들이 운전할 능력이 없고, 자신감이 없으면 자신감과 자기 존중감을 갖도록 격려해주어야 하고 기다려 주어야 한다. 그는 딸들과의 관계를 말하면서 심오한 교육철학을 설파한다.

"나는 우리 딸들과 도박하고 싶지 않다. 더불어 어울리는 게임을 하고 싶다. 그래서 나는 우리 딸들을 맞수로 생각한다. 게임을 위하여 가끔 나 자신을 하수인 딸들에게 맞추는 것도 그런 이유에서 재밌다… 훈육이 의미 있으려면 훈육 대상이 자신의 잘못을 알고 있고 가르치는 사람과 일정 신뢰관계가 형성돼 있어야 한다. 이 두 가지가 결핍되면 그건 훈육이 아니라 폭력이다."

자식이 자신이 원하는 방향대로 가지 않는다고 해서 억지로 그를 끌고 가서는 안 되고, 같이 놀아주는 아빠, 엄마가 되어야 한다. 자식이라는 인격체와 부모가 함께 인생을 살아가는 존재라고 생각해야 한다는 것이 그가 자녀들과 뒹굴면서 얻는 철학이다. 아이들과 노는 것이 중요하다는 것은 모든 어른들이 다들 알고 있지만, 아이들과 있다 보면 어느새 잔소리하는 훈육자의 입장에 서 있는 것을 언제나 발견하게 된다.

작가의 '딸과 노는' 이야기는 우리에게 잔잔한 감동을 준다. 일상의 이야기를 통해 그는 우리시대 부모의 역할 뿐만 아니라 우리시대 학교, 청소년 문제가 어떻게 접근되어야 하는지, 또 어떻게 해결되어야 하는지에 대해 여러 가지 메시지를 전달해 준다. 그리고 이렇게 잘 놀아준 '철없는' 아빠인 그는 적어도 자녀교육에서는 성공한 사람인 것 같다. 두 딸의 아름다운 모습에서 이미 그의 자식 농사 성공은 예감된다.

학교와 가정의 위기, 큰 해법보다 작은 실천이 아름답다

김형덕(경복고등학교 교사)

국가공동체의 양대 산맥인 학교와 가정의 위기가 더 두고 볼 수 없는 지경이다. 학교에는 패배주의가 만연하고 있다. 심지어 '교육불가능'이라는 섬뜩한 용어가 꽤나 진지하게 교육문제를 고민하고 있는 교사들의 입에서도 나온다. 화들짝 놀랜다. 교사들에게 무기력과 피로감이 감돌고 학생들에게 도덕적 해이와 학습피로감, 해체적 증상이 도를 넘게 나타나고 있다. 가정은 어떤가? 전가의 보도처럼 인용되는 새로운 표준으로서의 OECD 기준에서 가정 해체의 온갖 지표들이 상종가를 치고 있지 않은가?

이런 가운데 사회적 양극화는 놀라운 속도로 심화되고 있어 이제 새삼스럽지도 않다. 2:8로 나타나던 불균형 지수가 1:9, 1:99로 악화일로

다. 사회적 양극화와 학교·가정의 위기는 서로가 서로를 자극하면서 악순환의 궤도를 그리고 있다. 아마추어 야구에서는 5회의 스코어가 10점 이상, 7회의 스코어가 7점 이상 차이나면 경기를 중단하고 승패를 조기에 선언하는 콜드게임이라는 경기규칙이 있다. 더 이상의 경기는 승자에게도 패자에게도 의미가 없다는 판단에서 심판이 경기의 중단을 선언하고 이기고 있던 팀의 승리를 인정하는 것이다. 우리 사회의 양극화의 진행이 흡사 콜드게임의 양상이다. 그러나 경기는 계속되고 있다. 정부나 사회 주도층은 여전히 이 사회가 게임의 룰이 지켜지고 있다며 경기의 계속을 고집한다. 게임불가능의 상황에서 게임이 강요되었을 때 패자의 선택은 무엇이 될 것인가? 심히 우려스럽다.

학교의 패배주의와 가정의 해체는 사회적 양극화의 적나라한 실상을 압축적으로 보여주고 있는 단층의 일부일 것이다. 패배주의와 해체는 약자들의 고통의 표상이며 그들이 현실과 세계의 저점에 발을 디디고 있음을 고백한다는 의미에서 절박성을 지닌다.

가정과 학교라는 국가공동체의 양대 축을 고사시키면서도 권력과 주류계급은 줄기차게 성장과 선진화, 국가경쟁력을 말하고 있다. 국민의 생존권과 행복을 돌보지 않으면서 추진되는 국가경쟁력이나 경제성장이라는 것은 흡사 수술은 성공시키지만 환자는 죽이는 냉혈한 의사의 우행이 아닌가?

　학교의 문제를 풀려는 해법을 둘러싸고는 백가쟁명이 시작된 지 이미 오래다. 사람은 제도 탓을 하고 제도는 사람 탓을 한다. 학교 안의 교사들은 가정 탓을 하고 가정은 학교 탓을 하고 있다. 학교에서는 가정이 가르치지 못하는 학생들을 학교가 가르치는 것이 어렵다고 하고 학부모들은 학교가 제대로 교육적 기능을 다하지 못하고 있다고 말한다. 정치권은 정치권대로 교육의 공공성과 수월성을 대립의 축으로 정치적 실험을 번갈아가며 계속하고 있다.

　문제를 큰 틀에서 풀어보려는 노력들이 교착상태에 빠져있을 때 우리는 작은 영웅들의 아름다운 일상적 실천에 주목할 필요가 있다. 오늘도 여전히 우리의 학교에서는 무너져가는 아이들을 부둥켜안고 교육의 본령을 지켜가고 있는 헌신적인 교사들이 있다. 언론에 노출되지 않고 세상에 알려지지 않는 가운데, 가정에서도 세태의 흐름에 저항하며 아이들의 심신을 건강하게 바르게 키워내려는 소중한 실천들이 전개되고 있을 것이다.

　김지용의『딸과 함께 철들다』는 바로 이런 사연을 우리에게 전한다. 서울대 총학생회장 출신의 소설가, 영원한 청년 김지용이 우리 사회의 가정과 학교에서 벌어지고 있는 다양한 문제들에 대한 진솔하고 일관되며 우직한 해법을 제시한다. 우리의 가정과 학교에서 벌어지고 있는 문제, 사실 모두의 문제일 수밖에 없는 문제를 붙들고 그는 물러서지 않는

씨름을 하고 있다. 이 책에서 그는 자신의 원칙으로 옆집 아줌마들의 바람을 견디면서 세상을 분석 전망하고 아이들의 미래를 고민하면서 우뚝우뚝 걸어온 아버지의 길, 학부모의 길을 곰상스럽게 전하고 있다. 자기 집 현관문을 열어주고 안방 문을 열어주고 심지어 화장실 문을 열어주면서 그는 이웃들을 초대하며 이 시대의 교육문제의 논의의 장을 만들어 보고자 한다. 『딸과 함께 철들다』를 읽으며 우리는 김지용의 집안으로 들어가 오랜 세월 그가 두 딸과 살아오며 그린 세밀한 풍속화를 감상하게 된다.

서울대 총학생회장 출신의 소설가, 범상치 않은 케리어의 김지용은 항상 웃고 다닌다. 내가 아는 그는 사람과 함께 하기를 부던히도 좋아하는, 아직도 해맑은 미소로 세상을 살아가는 영원한 청년이다. 그러나 한편으로 상당히 옹골찬 원칙주의자이기도 하다. 『딸과 함께 철들다』를 읽으며 우리는 김지용의 미소와 원칙주의를 함께 만나볼 수 있다. 그가 여유와 편협하지 않은 건강한 원칙주의로 두 딸을 키워왔음을 그의 책 『딸과 함께 철들다』에서 새롭게 알았다. 오랜 동안 야인으로 살면서도 그는 좀체 여유를 잃지 않는다. 그의 여유가 본래의 사람됨, 치열한 학생운동의 경험으로 단련된 품성에서 연유하는 것임을 알고 있었는데 가정과 지역사회에서 이렇게 빛이 나고 있음을 알고 상쾌해진다.

세상이 모두 방향 없이 움직이며 소란스러울 때는 묵묵히 자리를 지키며 기본에 충실한 것이 미덕이고 진보일 수 있다. 교육과 자녀 양육의 문제로 우리 사회가 소용돌이를 일으키며 일렁이고 있을 때 김지용은 묵묵히 자기 자리를 지키고 있었다. 고집스럽게 혼자 자리를 지키면서 주변 사람을 힘들게 하거나 소리를 내는 것이 아니라 그의 두 딸과 아름다운 생활의 꽃을 피우며 그 길을 걸었다. 언젠가 세월이 흘러 지용이의 두 딸이 멋지게 장성하여 그의 교육학이 상찬될 날이 있음을 기다려 본다. 『딸과 함께 철들다』에서 소개되고 있는 지극히 일상적인 예화들이 꽃처럼 별처럼 빛나게 다가오는 것은 우리 사회가 너무 쉽게 부박한 소용돌이에 빠져드는 사회이기 때문이다. 한국사회의 가정과 학교의 오늘을 보면서 괴로움을 느끼는 사람들, 나는 오늘 우리의 자녀들과 무엇을 할 것인가를 궁금해하는 사람들에게 좋은 책이 나왔다.

부모님과 말해봐야 변화는 건 없고 나만 상처받는 걸요

정지연(남양주시청소년상담지원센터 소장)

"자녀와 어떻게 대화해야 하나요?"

청소년 상담을 하면서 부모들에게 가장 많이 듣는 질문이다. 사춘기가 시작되는 자녀와는 도무지 말이 안 통하고 마치 외계인과 얘기하는 것 같다고 한다. 서로 이해를 못하기 때문에 대화는 답답하고 짜증스런 분위기에 갈등의 골만 판다고 한다. 하지만 답답한 대화라도 가능하다면 그나마 디행이다. 아예 대화가 사라진 지 오래인 부모자녀에 비하면 말이다. 부모와 자녀 사이에 건강한 상호작용이 없거나 대화가 단절되어 남처럼 사는 가정은 이제 더 이상 특이한 사례가 아니다. 어디서나 흔히 볼 수 있는 쓸쓸한 우리네 이야기가 되어버렸다.

요즘 부모들이 가장 궁금해 하는 것이 첫째는 '공부 잘하는 방법(엄

밀히 말하면 성적 잘 나오는 방법)'이고 그 다음은 '대화법'이다. 내가
일하고 있는 청소년상담지원센터에서 '자녀와 대화법'이란 주제로 강의
를 열면 많은 부모들이 몰려든다. 그분들이 바라는 것은 어떻게 하면 자
녀들과 솔솔 대화를 풀 수 있는지에 대한 것이다. 강의는 대개 대화에
는 서로간의 이해와 존중이 바탕이 돼야 한다는 '관계의 기본'을 강조하
다가 후반부에 대화에 관련된 기술을 가르치고 연습시킨다. 부모들은
대부분 전반부의 '관계의 기본'에 대한 설명에 고개를 끄덕이지만, 그렇
게 하면 참 좋지 하듯 옆집 애기들마냥 듣다가, 결정적으로 기술적인 면
을 얘기할 때 비로소 눈을 반짝거린다. 즉 테크닉에 관심이 많다. 강의
를 통해 테크닉에 관한 전문지식을 배우고 나면, 약간의 자신감을 갖게
되고 대화 기술을 자녀에게 적용할 기회를 호시탐탐 노리게 된다. 그러
나 부모들이 자녀에게 기술을 걸수록 자녀들은 거부감을 느끼며 더 멀
리 달아나버린다. 실망한 부모들은 '역시 강의는 이론일 뿐이야. 해보니
안 되네. 그럴 줄 알았어. 아마 그 강사도 자기 자녀는 그렇게 못 키우면
서 이론상의 이야기를 한 것일 거야' 하며 스스로를 위로(?)한다. 상담
센터에 와서 부모들은 효과적인 대화를 위해 얼마나 많은 정보를 얻고
강의를 듣고 또 일상에서 시도해보았는지 말하며 다 소용없었다고 허탈
해한다. 그러면서 이제는 상담사에게 대화법에 관한 족집게 과외를 받
고 싶어한다. 자녀를 이해하려 노력하고 존중해주는 마음이 매우 중요

함을 책과 강의를 통해 접해도 마음이 급한 부모들의 귀에는 들어오지 않았을 것이다. 근본보다는 부수적인 기술에만 주력했으니 만족할 만한 결과를 얻지 못하는 것은 당연하다. 내가 자녀들을 상담할 때는 부모에게서와는 또 다른 얘기를 듣는다. 상담사에게도 방어 줄을 놓지 않고 경계하며 좀처럼 입을 열지 않고 있던 청소년들이 상담자가 몇 마디 자신의 깊은 내면의 소리를 이해해주고 공감해주는 반응을 보이면, 그때 한번 힐끗 보면서 비로소 자신의 얘기를 한다. 아이의 얘기를 듣다 보면 참으로 부모들이 모르는 많은 내용들이 담겨져 있다. 그 얘기를 상담사에게 차근차근 잘 말했던 것처럼 부모에게 그대로 얘기하면 부모도 이해를 할 텐데 안 해서 문제가 더 깊어진 것이다. "그 얘기를 부모에게도 해봤니?" 하고 물어 보면 아이는 체념하듯이 말한다. "말해도 소용없는 걸요." 참 당연한 얘기다. 말해도 이해받지 못하고 아무것도 변화하지 않는다는 것을 이미 충분히 경험했기 때문에 점점 말을 하지 않게 된다. 오히려 이해받지 못하고 일방적인 가치관이나 지시만을 따르도록 강요당하는 걸밀에 큰 상처를 받기 때문에 더 이상 자신의 얘기를 하지 않는다. 즉 침묵과 무대응은 자신을 보호하기 위한 최선의 방법인 것이다. "말해 봐야 변하는 것도 없고 저만 상처받는 걸요. 어차피 변하지 않을 거라면 상처라도 안 받고 싶어요." 참 똑똑한 아이들이다.

청소년상담을 12년째 하고 있는 나는 청소년상담사이며 상담심리전문가이기 전에 두 아이의 엄마다. 상담도 하고 강의도 하지만 우리 아이와 마주하고 있을 때 '이럴 땐 어떻게 해야 하지?' 하고 고민할 때가 많다. 내가 그동안 쌓은 작은 지식과 우리 부모님에게 배운 지혜를 총동원해서도 만족할 만한 결론을 내리지 못해 혼란스러울 때가 많다. 가끔 친구들이 아이를 제대로 키우는 게 너무 어렵다면서 나에게 자문을 구하려고 전화를 한다. 나도 제대로 된 해답을 못 찾는 경우가 많거니와 일일이 답해줄 정도로 서로가 한가하지 않으니 서점에 가서 좋은 양육서를 보라고 권해준다. 워낙 많은 양육서적이 쏟아져 나와 있기 때문에 서점에 가도 어떤 책을 사야할지 모른다고 한다. 특정 개인의 경험에 의존하는 책이 소개하는 방법은 대개 특정 부류의 아이들에게만 맞는 양육법이 담겨져 있어 그대로 따라하다가는 곤란을 겪게 된다. 또 과학적으로 증명된 이론을 바탕으로 쓴 책들은 너무 딱딱해서 사전 지식이 없는 부모들이 읽기에 자칫 어려움이 있다. 내 책장에도 양육서적들은 많이 있지만, 끝까지 읽을 이유를 찾지 못하고 손에서 놓아 장식용으로 전락한 책들이 꽤 있다. 김지용 씨의 『딸과 함께 철들다』는 마치 이론들을 현실 생활에 펼쳐놓은 적용서 같다. 어린 딸과 극복할 수 없는 나이차를 가진 아빠 (대개의 아빠들은 자녀와 극복하기 어려운 나이차를 갖고 있기 마련이지만, 자주 이 점을 잊는다) 라는 존재가 어린 딸과의 관계를 행복한 관계로 발전시켜 나가기 위해 순간순간 고민하고 노력하는 모습이 재미있게 그려졌다. 섬세한 설계자나 추진자가 아니라 그저 든든한 비빌 언덕이 되어주는 것이 부모의 역할임을 깨닫고, 딸이 자신의 인생을 스스로 채색하는 동안 옆에서 지켜봐주고 진심으로 존중해주려는 아빠의 노력이 나에게 잔잔한 감동을 주었다. 자녀와 같은 눈높이에서 함께 보는 것을 통해 진정한 이해를 하려는(이해하는 척하는 것이 아니라) 고민들 - 자녀를 있는 그대로 수용하고 공감해주는 아빠의 질 높은 양육태도들이 그 어떤 잘 정돈된 이론서 못지않게 차분히 펼쳐져 있다. 이 책의 구석구석을 접하면서 내 아들과 딸의 얼굴이 계속 떠오르는 것을 보면 나도 '대충은 좋은 엄마'가 되기엔 아직 모자라는 듯하다. 인간에 대해서, 인간관계에 대해서, 더 나아가 부모자녀 관계에 대해서 - 다른 사람보다 조금 더 알고 있다고 교만해지지 않도록 순간순간 나를 당혹케 만들고 고민에 빠뜨려서 부모인 나를 철들게 해주는 우리 아이들에게 고맙다고 해야겠다.